以后的我们
如果遇不见

If we'll never meet again

IF

卢小清 著

新世界出版社
NEW WORLD PRESS

图书在版编目（CIP）数据

以后的我们，如果遇不见 / 卢小滑著．—北京：
新世界出版社，2014.7
ISBN 978-7-5104-4805-8

Ⅰ．①以… Ⅱ．①卢… Ⅲ．①篇小说—中国—当代
Ⅳ．①I247.5

中国版本图书馆 CIP 数据核字（2014）第 159353 号

以后的我们，如果遇不见

作　　者：卢小滑
责任编辑：张　奇
责任印制：李一鸣　黄厚清
出版发行：新世界出版社有限责任公司
社　　址：北京西城区百万庄大街 24 号（100037）
发 行 部：（010）6899 5968（010）6899 8733（传真）
总 编 室：（010）6899 5424（010）6832 6679（传真）
http：//www.nwp.cn
http：//www.newworld-press.com
版 权 部：+8610 6899 6306
版权部电子信箱：frank@nwp.com.cn
印　　刷：三河市骏杰印刷厂
经　　销：新华书店
开　　本：700mm×1000mm 1/16
字　　数：160 千字
印　　张：14.25
版　　次：2014 年 8 月第 1 版　2014 年 8 月第 1 次印刷
书　　号：ISBN 978-7-5104-4805-8
定　　价：32.00 元

目录

第一章 再见

/ 001

没有你的世界，一切都被无情地拉长。影子被阳光拉长，咒骂被关心拉长，时间被痛苦拉长，无眠被想念拉长……爱，被距离拉长。

第二章 追随

/ 025

仿若是存在于第五维度，时间失去了它的效用，在流逝的生命中凝结出永恒的刻度。

第三章 间隙

/ 047

尽管此刻和你的身体靠得如此近，我还是深深感到彼此之间龟裂出的缝隙，正渐渐变成难以逾越的鸿沟。

第四章　**拥有**

/ 067

就这样相拥在落霞余晖中，像是给彼此写了一封久违的情书，约定拿此时的沉默换永恒的誓言。

第五章　**心力**

/ 087

可惜时间只有流逝的责任，没有回归的义务，它用人们的成长与老去，换来自身永恒的活力。

第六章　**生路**

/ 107

这一秒我们没来得及说出的话，和被误读的际遇，注定将被时光掩埋，从此两心相离，各安天涯了。

第七章　**遗忘**

/ 123

生活仿佛回归到最初的清纯模样，对你的牵挂，我已认定该是日复一日地在淡去，总有一天将会忆不起。

第八章　**长大**

/ 145

你定义的爱情太伟大，而我平凡的生命，只承受得起正确的爱情。

第九章　曾经
/ 159
许多事物都变得模糊，不知是何时何地的故事，抑或是别人的桥段，偏偏硬挤进我们的生活里来。

第十章　成全
/ 183
当不幸再一次降临时，只剩下坚强和冷静，谁也说不清，这究竟是时间的残忍之处还是可贵之处。

最终章　勇气
/ 207
就算世界只剩下一分钟的最后，只愿与你同一片星空，你笑着说夜色仍美妙，我遥望你安好如初时。

第一章 再见

没有你的世界，一切都被无情地拉长。影子被阳光拉长，咒骂被关心拉长，时间被痛苦拉长，无眠被想念拉长……爱，被距离拉长。

吴晓迪，作为这个世界上二十二年的存在体，居然在人生第一次辉煌面前如临大敌，而那个制造麻烦的无耻之徒，居然是潜伏在她身边四年的男友——林萧。

“浑蛋浑蛋浑蛋，你以为你是谁，你凭什么为我做选择？我要怎样管你什么事啊！”简直不敢相信，吴晓迪瘦小的胸腔里竟然能够发出如此猛烈的咆哮。

照理说这样的声波足以把她对面那个瘦弱男生镇住，然而，为什么传入她耳中的声音居然还能那样淡漠：“你搞什么，干吗非要钻牛角尖？我不是跟你解释过了吗，等我打理好一切，再跟你联系，不行吗？你就这么不相信我？干吗要两个人一起吃苦？你做了二十几年大小姐，这种事情你做不来的！我是在对你负责任，好不好！”

“谁要你负什么责任，我可以对自己负责。你就是想甩开我，你早就看我不顺眼了，对不对？你这个卑鄙下流无耻自私的家伙，把我四年的青春还给我！”那种一贯的无所谓的态度，一直是林萧最锋利的武器，是人都会被整得抓狂。当然，如果换个场景，或许更多人会认为吴晓迪是在撒娇，但现在，她绝对是愤怒，愤怒。

“哼哼，大小姐，是你硬塞给我的，现在又要人家还，你以为我每天揣着个不定时炸弹很爽是不是！”

“林萧，我看你简直就是不想活了。如果你真要离开，那就拜托你彻底滚远一点，再也别出现在我面前！”快要崩溃了，不是出来和解的吗？现在又是哪个桥段？

林萧终于抬起头，一直被鸭舌帽遮住大半的眼睛张扬起凌厉的气氛：“好，远一点是吧，月球够不够远？火星怎么样？我懒得再跟你说。”说完转身离去，连一点点歉疚都没留下。

吴晓迪心底一惊，那双眼曾经温暖如春，此刻却覆雪为冬。望着渐渐远离的瘦高背影，她毫不留情地狂吠：“你给我滚——”空旷的体育场上回荡起无数“滚滚滚滚——”，混响效果堪称一流，却偏偏没过了吴晓迪最想让林萧听到的两个字——“回来！”

林萧，你给我滚回来。

人这一辈子，有没有钱不重要，有没有死党，才是性命攸关的事情。如果没有卓佳贤义无反顾抛下情人冲到吴晓迪身边，真不敢想象她是否可以完整地回家。

林萧离开体育场之后，她所能做的只是用尽身上残存的气力给那个叫卓佳贤的女人打电话：“救命，我要死了。”

电话那头惊天长“啊”了一声，是雄性动物声带发出的惨叫，紧接着是一阵混沌的呐喊：“卓佳贤，你怎么还没洗完？吴晓迪，又是那个吴晓迪，你再不洗完出来她就挂啦。”卓佳贤的不定时男友大熊对这对闺密之间的情感由妒生恨是理所当然的。

“挂什么，上午毕业典礼的时候不是还花枝乱颤的吗?!”

“我怎么知道？不过你最好提醒下你的姐们儿，总是打搅别人好事，会有报应的！……喂，你能不能矜持点，小心感冒……”

“喂，晓迪，我来了哦!”甜美的声音，突然腻得让人反胃。

我不生气，我不生气，我不生气，我只是抑郁！吴晓迪强抑怒火：“卓佳贤，你老姐我就要挂了，你还有心思‘做好事’。到底是我出门没看皇历，还是你们都吃错了药，怎么今天都跟我作对!”

“哎哟喂……”

佳贤的口头禅“哎哟喂”刚出口，吴晓迪已经“哇”地哭号开了，是那种什么都说不明白的号法。不过四年法学系的历练也不是盖的，哭到一半，她不忘抽泣两声说了句有逻辑的话：“学校……体育场……看台……东北角……哇……”

不晓得是佳贤不耐烦挂掉的电话，还是手机受不了悲催脑电波的辐射主动罢了工，等佳贤坐定在吴晓迪身边的时候，她才发现自己痛哭流涕的半个多小时居然半个听众都没有，事情一下子变得悲壮起来。

“说吧，又怎么了？你得绝症了？你爸爸得绝症了？你妈妈得绝症了？上午不是好好的吗？毕业典礼上就看你一个人拽了。考试年年第一，临了还赚了个公费保研——你还嫌不够，非半夜跑这里来数星星？”什么话从佳贤口中说出来总是遵循着贱人的逻辑。

“佳贤，完蛋了，林萧真的要走了！他要丢下我一个人走了！哇……”眼泪真不争气，居然流干了。这就是所谓的欲哭无泪吗?!

“什么话？你才完蛋了。啊！原来是林萧得绝症了！是什么病？真的没救了？别号了，赶紧说!”

“卓佳贤，拜托你积点口德好不好？我是说，林萧要去美国了。他爸通过关系把他搞进了纽约大学商学院。”

“纽约大学商学院很贵的欸，真给力。他爸？你是说他继父吧？我还以为他继父只会倒腾破铜烂铁，原来这么有本事哦。林萧的成绩在经济系也是数一数二的，真是什么人什么命啊，羡慕死了。”卓佳贤停顿片刻，清了清嗓子，换了个腔调又说，“哎，不过嘛，爱情分两地，一朝变空气！也就是说，你们这段灿烂的校园爱情史话，终于将在无数羡慕嫉妒恨的目光中，走向毁灭啦!”吴晓迪的心思，猪都明白，更何况聪明伶俐的卓佳贤。

吴晓迪收住情绪，呆呆地望着空旷的体育场，心想：“是啊，一旦分离，后会无期。我真的无法保证自己能忍受这十二小时和一万五千公里的时空距离，更何况时刻面对莫大诱惑的林萧。这世上，有多少爱情，跑得赢时差，打得败距离？所以……”她冲着卓佳贤叹了口气，说：“我想放弃保研，去美国陪读……”

“你疯了！这么重要的事情，你以为就凭你这个书呆子脑袋就能想出办法来吗？活该你在这儿受罪！你爸本来就看不上林萧，他不跟你翻脸才怪。

你是不是大小姐当腻了，想去美国卖艺？”卓佳贤毫不留情地戳着吴晓迪的脑袋，直到手指都嫌疼了。

“唉，知我爸者莫若佳贤你也。你怎么知道他是这么说的？要是我执意这么做，他肯定会立刻软禁我……”吴晓迪脑子里突然闪过自己逃出小黑屋，孤身一人身无分文流落街头的景象，神经质地抽搐了几下，嘴上却依然顽固，“可是，那个林萧凭什么不让我去？就算我爸不再给我钱，我至少可以打工赚钱啊！我有手有脚如花似玉智力超群，难道还怕找不到工作？难道还怕养不活自己？他太小看人了！不让我去，肯定是心里有鬼！”

“问题是，”卓佳贤斜眼打量了一番吴晓迪，这妞儿精神正常的时候也算高级美人一枚，五官分开来说也就那样，但凑到一块儿偏就搭配得恰到好处，纯天然标准瓜子脸，白白净净温婉可人，不胖不瘦凹凸有致，一米六的身高也正好是小鸟依人的上限，难怪学校里的男生一见了她就全都变成了癞蛤蟆，第一校草林萧从来只听她一个人的话，“问题是，大小姐您常年衣来伸手饭来张口……这会儿要去的是美国，又不是日本，你能打什么工？哼哼！”佳贤阴险的笑脸背后，潜台词熠熠生辉。

“去死，卓佳贤，你还笑，怎么跟林萧一个德行！”吴晓迪再次爆掉，“打什么工不重要，没试过，怎么知道我不行？我从来都不是游手好闲、骄纵蛮横的富家千金，今天的一切都是我靠自己的努力争取来的，成绩也好，感情也罢，我从来不怕辛苦，佳贤，连你也觉得可笑吗?!”

“不是可笑，晓迪，要知道，这个世界上，不是所有事情努力就能得到，就能做好。好比你的身份，再低调也是官二代，你没的选，别人再怎么努力也得不到。很多人和事，在你的世界里是不可能发生的，你听不到，看不到，体会不到，所以，或许你应该从林萧的角度去想一想。他不是怕你成为包袱，更不是养不起你，他继父那么有钱，怎么着也不可能委屈了你们。可是，在还没确定新的环境是否会给你造成困扰之前，他又怎么敢轻易拖你下水？你要是有个什么三长两短，你爸不把他剁了才怪!”卓佳贤嘴贱心细，都说“宁拆七座桥，不拆一对人”，搞不清楚具体状况的时候，还是保守治疗更妥当，先给吴晓迪打一针镇静剂吧。

“这些道理我能不明白吗？谁让我投胎那么精准，我从小就被我爸安排着过活，失去的东西谁又了解？可我现在是具备刑事责任能力的人了欸，我也有追求自己幸福的权利好不好？我不想输给时间和距离!”吴晓迪的辩驳苍白无力，一席话泄了底，别无他用。

在外人看来，吴晓迪似乎太不知足，她父亲吴愈在省级公安机关任要职，母亲家世了得，娘家曾是显赫一方的书香门第，吴晓迪是真真正正含着金汤匙出生的。或许只有卓佳贤了解她此时此刻内心的焦灼与痛苦。哭闹向来只是无能为力的代名词，若真有胆量去改变，哪会有这么多废话？“那么，林萧到底是怎么想的?”

“他跟我说，等他安顿好了，一切都顺利的话，再去求求我爸妈，把我接出去。”这番话像是说给她自己听的。

“他是对的。”卓佳贤不再多言，看着操场上跑圈圈的人发起呆来。

“希望吧。”沉默片刻，吴晓迪精神了不少，“嘿，发什么呆呢？让你来抚慰我受伤的小心肝，干吗不说话了?”

“哎哟喂，小心肝，你那颗无敌兽心，谁敢抚慰？好了就到处咬人！不过，你看……那个男的都跑了十几圈了，着什么魔了，也被人甩了?”

“谁被甩了？死女人。”顺着佳贤的视线望出去，只见跑道上的孤独身影若隐若现，终于，一身闷响，身影颓然倒地，“哇”地干号起来，大有超过刚才吴晓迪的气势。继而那男生掏出手机嚷起来：“妈！钱包不见了，信用卡、身份证……下学年的学费，全都没了，怎么办？哇——”

“看看看看，你有他惨吗？”

“他不是惨，是傻，不赶紧挂失，跑圈圈有什么用？这么点常识都没有，他妈把他养这么大，哭都哭不出来了吧！”

“恶女，那你有他妈惨吗？”

“……”

林萧一边收拾行李，一边回想着前几日与女友喧嚣的离别。“滚滚滚——”的声响华丽重现，余音绕梁，把他原本的一点点愧疚炸得尸骨无存。

自从五月的时候老妈打来电话让他准备去美国，他再转述给晓迪之后，耳根就没清净过一天。大小姐一会儿体贴地让他尽管奔赴大好前程，一会儿又一把鼻涕一把泪地苦苦挽留，前一秒还说真爱的基础是信任，后一秒就迫不及待地诅咒他若是背叛就不得好死……一整个世界的连续剧桥段都被吴晓迪同学自导自演了一遍，搞得男主角筋疲力尽。

那天上午的毕业典礼两人还相敬如宾，转眼下午就风云突变。原本是想在离别前好好安慰一下，没想到吴晓迪真是超级无敌，居然又想出了“陪读”的幺蛾子。好吧，本来要去也不是不可以，可她老爸只有她这么一个女儿，而且谈判还崩了，如此一来，“陪读”俨然变成了“私奔”，林萧胆子再大，也着实担当不起拐卖“妇女”的罪名。

坦白来讲，林萧并不是不担心异地恋的魔障，毕竟晓迪的家人从来就没有认可过他。然而从父亲意外身亡，母亲改嫁以来，他一直是在继父的资助下生活学习，就算不提亲情，恩情总是有的。这几年他一直与母亲隔海相望，过年过节都未必能见上一面，这次去美国进修，他真心想要好好陪伴在老人身边。至于与晓迪的分离，就当是上天的考验，不论是暂时还是永久，只能听天由命了。

一切收拾妥当，林萧拿出手机，默默敲下一行字："CA981，首都国际机场13：00起飞。对不起，我爱你。"发送。

他第一次离开她的视线，却忘了告诉她，我会回来。

铃——铃——铃——几百年没响过的座机猛然觉醒。

砰——闹钟被不明物体击中，坠毁。

铃——铃——铃——座机暗爽，继续叫嚷。

吴晓迪叹了口气，从阳光中挣扎起来，发现自己搞错了对象，可怜的闹钟成了悲催的替罪羊。"喂？哪位仙人啊？拜托，放假咧，这么早，赶着投胎呀？"知道这闺房密电的人屈指可数，晓迪抓起听筒口无遮拦。

"早？吴晓迪，你不会还在睡吧？你干吗不开手机？中午十二点了欸！本来想说安慰你节哀顺变啦，看你睡得这么爽，应该没什么大事儿，亏我还这么担心你！"电话那头是卓佳贤略显不可思议的话语。

"担心我？节哀顺变？我应该怎样？手机只是没电了而已嘛，难不成耽误你上路了？还是你要约我一起在美丽晨光下跑圈圈？"吴晓迪眼都懒得睁开，软趴趴地斜躺着。

佳贤从来就是警觉的人，晓迪再怎么没心没肺，也不至于连林萧飞走都无动于衷吧，还开这种玩笑，除非——"晓迪，林萧下午一点的飞机飞美国……你……知道吧？"

“知道，我当然知道。哈哈，终于走了，早晚都是要走的，现在一了百了，省得大家都糟心！放心吧，我没事，好着呢!”吴晓迪还是没有睁眼，身体往被窝里沉下去。

谁说她很好！谁说她没事！谁说她知道！自从跟父亲吴愈摊牌之后，为了防止她“卷款潜逃”，家里不仅断了她的零花钱，断了网络，出个门老妈还得兼职保镖。她索性把自己关在屋里除了一日三餐不出房门一步，没日没夜抱着手机，生怕错过来自那个人的一条信息、一个电话。可是就算是人也有偶尔抽风的一天，更何况是手机!

“你真不去送他吗？以后要见面可就不是两百块的打车钱咯！真要变身前度，你还睡得着?”

“呸，他值两百块吗?！好了，佳贤，我还没睡醒，先不跟你说了。”吴晓迪放下电话，触到一旁沉睡的手机，猛地撑起身把它狠狠扔出了窗外。

去你的林萧。去你的前度。

原来，任凭她如何等待，他终会离开。

林萧早早来到机场，他不得不承认内心有几分惶恐。想见又怕见，这就是传说中的自虐吗?

国际航班的航站楼，放眼望去，五颜六色的肤色，搭配五颜六色的华服，带着夏日特有的匆忙与欢愉，每个人都是急不可耐的模样，连登机手续都办理得格外顺畅。

林萧拿好证件，缓缓向安检处走去，不时回头张望，眼花缭乱外加心慌意乱：吴晓迪会来吧？会吗？不会吗？会吗？不会吗？手机不会坏掉了吧？是不是没信号？信息没发错吧？她……不会出什么事吧？想到这里，他赶紧停下脚步，拿起手机拨出熟悉的号码，那头却传来久违的熟悉话语：“您好！您所拨打的电话已关机，请稍后再拨！”

“搞什么，又关机，有没有新梗啊，一生气就这样！唉！”话音刚落，手机奇迹般地响了起来，林萧连看也没看就接起来，“宝贝，你在哪儿了？我就在安检口这儿，知道你每次都迟到，所以特意等了会儿，再晚点真就见不到我咯！”

“哎哟喂，林萧君，喜欢人家要早说嘛，干吗走的时候才说？原来你真的移情别恋了啊，难怪晓迪这么快就死心了，在家睡得呼呼的！可是你真的不该爱上我啦，你叫人家如何面对晓迪呢？我真的不能这样哦！哈哈哈哈……”一阵妖媚的笑声穿过大半个城市敲打着林萧的耳膜。

林萧满脸黑线：“佳贤，原来是你哦。对不起，我以为是晓迪。她……手机关机……我找不到她了。”

“找得到才怪呢！你这样走了，她真的很难过，我就是专门打来跟你讲一声，别等了，她不会去的。祝你一路平安，到美国及时联系吧。”卓佳贤这小妮子不学变脸真是浪费。

挂掉电话，林萧紧紧攥着行李箱的把手，一阵寒气透过肌肤深入五脏六腑，凝结成锋利的针刺向心脏，痛得他就快喘不过气来了。

晓迪，你真的不懂吗？还是硬要假装不懂呢？

机舱内响起无比纯正的美式英语，提醒旅客们，大家已经平安跨越了太平洋，没有中奖掉下去。迎接他们的是一个崭新的国度，这里的每个人都会讲英文，却依旧无法完全摆脱失业的命运。林萧从昏睡中醒来，十三小时三十分钟的航程，连梦都没做一个。“吴晓迪，算你狠，都不肯在梦里见见我是不是！”他暗自解嘲地想着。

走出偌大的肯尼迪机场航站楼，手机及时响起。“您好，是林萧吗？我是 Jackie，老板让我来接您，您现在在哪里？”Jackie 口中的老板，就是林萧的继父张翼天，在美国拥有一个不大不小的金属贸易公司，用老妈的话来说，公司不大，资产也就一个亿而已。

“Jackie，你好。我在二号出站口。白 T 恤，牛仔裤，鸭舌帽，墨镜。Okay？谢啦！”林萧忘记了，在这里找个中国人还是很容易的，更何况他一米八五的身高和淡漠的面孔，散发着天然引力。

Jackie 果然很快出现在他面前。令林萧惊诧的是，一个外国人普通话居然说得比自己还好，这个世界怎么了？他用力在嘴角扯出一线弧度，算是打过招呼，不多话，从容地钻进身边的黑色汽车，像是彩排过许多次。

或许出于美国人天生的热情好客，Jackie 一路向林萧介绍着沿途风光。他哪有心思看风景，满脑子都在设想一会儿与继父见面的情景。说起来恐怕没有人会相信，母亲再婚三四年，他压根就没见过传说中的继父，母亲每次归国都是一个人。

面对 Jackie 的无聊话题，刚开始林萧还条件反射地应承着，到后来干脆闭上眼睛假寐。Jackie 透过后视镜看出林萧的不耐烦，知趣地闭上了嘴。

不知过了多久，车在一栋浅淡色调的别墅门前停下。就是这里吧，想不到人满为患的纽约，还能找到这么个清静地方。林萧伸出修长的腿，从车里下来，看见正开门迎出来的母亲肖柔。

“妈！”久违的幸福感觉，让林萧像看到糖果的孩子一般，冲上去给了肖柔一个大大的拥抱，“妈，我好想你！”

“妈也想你，宝贝儿子。来，快来见见你……张叔叔，呵呵。”显然肖柔还有所顾忌，生怕触碰了儿子心底的伤疤。前夫走得早，这么久以来，儿子比别家的孩子承受得更多，懂事得早，他从没在自己面前抱怨过，平时也尽拣体贴的话说，这次来美国，一定要好好补偿他。幸而现在的丈夫在儿子的事情上还算厚道，一直以来帮他不少，这次也希望两人关系可以亲近一些。但毕竟从未见过，让儿子叫陌生人“爸爸”谈何容易。

林萧从肖柔肩膀上抬起眼来，与立在玄关处的张翼天四目相对。男人笑得脸上都起了褶，眼里却透出不怒自威的气势，林萧感到后背一阵寒气袭来。

“张叔叔好！”他走上前去，微笑着礼貌地朝张翼天鞠了一躬。

“好好好，来，林萧，赶紧进来，肯定累了，坐下来休息休息，然后一家人吃个热乎饭。哈哈哈哈。”张翼天把林萧拥进客厅，按在绵软的真皮沙发上，自己回身坐到夫人身边。

林萧终于得空仔细打量这个男人，不看不知道，一看吓一跳：一身白大褂，一条五分裤，趿拉着夹脚拖鞋，光头大耳，红光满面，脖子上还挂着串佛珠，哪是老板的模样，倒更像退隐江湖的黑社会老大。而且，是的，那双眼睛里始终没有笑意，没有慈祥，没有亲近……

林萧被某种气场压制得喘不上气，忙不迭抓起面前的茶往下灌，突然想起酒桌上那句俗语“压一压，压一压”，忍不住想笑，自己这是在怕什么？却没想到一时没把持住，呛到气管，“扑哧”喷了出去——不偏不倚地，给对面的张翼天洗了把脸。

天，要不要这么丢脸，林萧，你的见面礼还真不小！他一边想着对策，一边撇过脸去，眉头紧缩，不敢看张翼天的表情。

张翼天抹了一把脸，突然没头没脑地大笑起来：“正好，我今儿早上没洗头。哈哈。你们先坐会儿，我去洗一下，然后开饭。哈哈哈……”拜托，还能再假点吗？林萧“嘿嘿”干笑两声回应，转头冲肖柔做了个鬼脸。Jackie在角落里差点没笑岔气。

晚餐并没有想象中奢华，摆上桌的都是家常小菜。张翼天没有把饭局安排在饭厅偌大的餐桌上，而是特意让人摆出了小巧的瓷面圆桌。三人围坐，距离一下子被拉近了。林萧紧挨着肖柔，亲情暖意四溢，逐渐让他松弛下来。

张翼天换了身宽松T恤，添了几分居家气息。他选择了更靠近林萧的位置，这让林萧对他多少生出些好感，不再抗拒。

“林萧，说起来我们认识也好几年了，今天能坐在一起也是缘分，来，我们先喝一杯吧！”张翼天用短胖的手指夹起高脚杯，朝林萧扬了扬。

林萧将身体微微前倾，举起面前的酒杯碰过去。他还不懂得说冠冕堂皇的话，只轻轻小酌了一口，迎合着张翼天。肖柔欣慰地笑着，一边给他夹菜一边说着：“这就是自己家，什么都别客气，赶紧吃，宝贝儿子。”

折腾了一天都没顾上好好吃饭，面对美味诱惑，他胃口大开，也顾不得礼节，闷头吃起来。肖柔和张翼天倒是优雅许多，席间不忘闲话些家常。

这样寻常家庭的寻常片段，林萧早在十年前就已刻意忘记，也从未奢求能再重温，而此刻竟被眼前的画面轻易感动，鼻子一酸，不敢抬眼。

“慢慢吃慢慢吃，喜欢的话以后常来家里住住，也多陪陪你妈，哈哈。”张翼天稳稳放下碗筷，瞅着只顾低头扒饭的林萧说道。

常来家里住住?!……搞什么飞机？刚才不是还说，这就是自己家？哦，原来是说你们自己，不是我自己！林萧感觉心在往下沉，脸上却不动声色，他倒要看看，这个张翼天究竟唱的是哪一出！

“儿子，你别多想……”还是当妈的敏锐，立刻觉察出儿子的不对劲，“你们学校在曼哈顿区，离这里挺远的。你张叔叔怕你折腾，给你在学校附近找了个公寓，你上学就方便多了。而且，那里住的都是年轻人，总比每天对着我们俩好吧。当然啦，家里的房间也给你整理出来了，你想什么时候回来住都没问题的！一会儿吃完饭就去看看房间。这几天你就在家里睡吧，过些日子再搬到公寓，好不好？”

这算是正式通知吗？那我觉得好不好又能怎样！林萧把头从碗里抬起来，故作诚恳地望着肖柔，话却是冲着张翼天说的：“真是让张叔叔费心了，以后我一定不给您添麻烦！”

“哎，说什么呢！这是我应该做的。你现在的任务就是好好学习，好好用功，公司还指望你来发扬光大呢！以后你就是公司的小老板，我会慢慢教你的。有任何问题你就直接找 Jackie，他会为你打点大小事务。”张翼天的这番话差点没让林萧从椅子上摔下来。

林萧一时语塞，转身向身后五十米处望去，见 Jackie 朝他摆摆手，微微躬身，以示乐意效劳。这是保姆？保镖？伙伴？仆人？线人？……林萧大脑混沌一片，憋了好半天，脱口而出：“Jackie，我好困，我房间在哪儿？”

“老不死的，你也不去看看你的宝贝女儿，她把自己关在房间里好几天了，这两天还不吃不喝。你怎么这么铁石心肠，都不心疼吗?!”吴晓迪的母亲方华实在看不下去了，自从女儿跟她爸谈判以来，家里就一直处于在蓝色预警之中。吴晓迪大门不出，二门不迈，谁的话都不听，谁敲门都不开，手机关机，电话占线……

“你还好意思说我？都是你宠的，越来越没家教，还想学人私奔！她房间不是有窗户吗？有本事从六楼跳下去，打个飞的去美国啊，谁拦她了！”吴愈冲着吴晓迪房门嚷道，生怕她听不到似的。

方华腾地从沙发上站起来，冲过去捂住丈夫的嘴：“你有病啊，还嫌不够乱是不是？她在里面万一有个三长两短，我可生不了第二胎！快想想办法啊！”

“唉，你以为我不急啊！要不然你把门砸了？就算你把她抬出来搁到眼皮底下，她照样要死不活的，你信不信?!”吴愈一声叹息。

“要不……”方华欲言又止，偷偷打量着丈夫的神色，深吸一口气说，“找找林萧？说句软话死不了人。”

“哼，别跟我提那小子。我还想找他呢，要不是佳贤告诉我，我还不知道他已经走了。最好别让我再看见他！晓迪现在弄成这样，都是他害的！”

“你也脱不了干系，当初你要是通融一点，现在也不至于闹成这样。”

“我呸，当初我要是通融了，现在女儿指不定在遭什么罪呢！”

吴晓迪四仰八叉地仰面躺在床上，一动不动地静静听着门外的吵闹声。她保持这个姿势至少已经二十四小时了。虽然几天前闹钟意外阵亡，手机粉身碎骨，但太阳却照常升起，她清醒地经历着日夜循环。

她无力地换了个姿势，把头深深埋进被窝。从门缝中挤进来的魔咒将她环绕，给她裹上了厚厚的茧。

没有林萧的世界，一切都被无情地拉长。影子被阳光拉长，咒骂被关心拉长，时间被痛苦拉长，无眠被想念拉长……爱，被距离拉长。

咚——房门终于被撞开。

林萧，你怎么才来看我？

吴晓迪半睁开眼，好多张脸齐齐涌进视线，爸爸的，妈妈的，又是爸爸的，又是妈妈的，好多爸爸的，好多妈妈的……你们在说什么？我听不见。

林萧，你知道吗？我好困，可是我不敢睡，我怕睡着了又与你错过。我怕，所以我不能睡，不能睡，不能睡……

“晓迪，晓迪……”方华泪如泉涌，女儿像是枯萎的花朵一般瘫软在床上，她抱着女儿冰凉的身体不知所措。关键时刻，吴愈一把抱起女儿，一边往外冲一边朝妻子嚷着：“医院！医院！带钱！带钱！”

“陈医生，晓迪她怎么样？”吴愈紧张得直搓手，即便是面对无数大案要案，也从未这样心中没底过。

主治医师冲着面前的人翻了个白眼，清了清嗓子：“我说，你们是怎么当父母的，再忙也要关心孩子呀！她至少五天没睡觉了，啊，知不知道？至少三天没进食了，啊，知不知道？营养不良外加贫血，啊，知不知道？不排除近期受了刺激导致心理失衡，从而引起器质性的神经衰弱和食欲不振，啊，知不知道？病情再发展下去就是抑郁症、厌食症外加精神分裂，啊，知不知道？……”

吴愈被连续的几个“啊，知不知道”搞得哭笑不得，要不是身在医院，他宁愿相信对面的人在说相声，忍了忍，才小声地问：“她平时能吃能睡……这次……”

“这次，幸好来得及时。”主治医师抬眼看了看焦急的吴愈，继续说，“再晚几天命都没了。放心，现在不是昏迷，是睡着了，没有生命危险。先让她睡，给她输营养液，等醒过来再好好调理一下。”

吴愈回到女儿病房，把陈医生的话转述给妻子，两人总算松了一口气。

看着病床上面容苍白的女儿，别有一番滋味涌上心头。

在“家”待了两天，林萧便在继父的安排下正式入住学校附近的公寓。建筑低调而精致，从老旧的外立面根本看不出内里的“金碧辉煌”。可怜的Jackie几乎是一边拎着硕大的行李箱，一边把无精打采的林萧拖进了房间。

虽说只是两居的小公寓，内部的装潢倒是让林萧真心震撼。他佯装若无其事地看看这儿摸摸那儿。液晶电视挂在墙上足足占去了三分之一的空间，真的够贞子从里面爬出来的；洗浴室和卫生间都是透明立式玻璃的隔断，连个帘子都没有，要不要那么省……“参观”到衣帽间的部分，他简直哑口无言：两侧的大衣橱被春夏秋冬各式服饰挤得满满当当，鞋袜、围巾、帽子、墨镜，就连内裤都有专属的地盘，按颜色和样式区分，一式两条，一溜排开……太过分了吧，简直就是歧视穷人嘛！亏我还收拾了两天两夜的行李！

“咚——啊——”有人撞到了墙面镜。

林萧赶紧摸摸镜子，还好没碎，但——头好痛！

等林萧从衣帽间挪出来，Jackie已经把他的行李收拾妥当。好吧，说是收拾，其实只不过是把行李箱连同里面的东西统统塞进了储藏室——它们都失业了！

趁着还没开学，林萧打算好好在纽约散散心。跟吴晓迪分开快一个星期了，大小姐好像还没有打算原谅他的意思，一切联络都石沉大海。以前再怎么吵架，只要林萧说一声“对不起，我爱你”，吴晓迪就会屁颠屁颠地凑上来，而这次，是真的伤到她了吧。

本想自己随便溜达溜达，Jackie 却死活要“责无旁贷”地当导游。于是，不管林萧起多早，多么隐秘地溜出去，都会看见“忠于职守”的 Jackie 瞬间把车幻影般移到他面前。

崩溃。

“Jackie，你不用睡觉的吗？不用陪女朋友的吗？不用照顾爸妈的吗?”忍无可忍无须再忍，“你是不是在我房间装了窃听器？是不是趁我睡着了给我植入了 GPS？你今天必须给我解释清楚，说!”林萧第一次主动跟 Jackie 说这么多字，还奇迹般地跟卓佳贤一样有“逻辑”。

“嘿，冷静，冷静。大片看太多了吧？我又不是机器人，当然要睡觉，喏，就睡在你隔壁。我想，你的闹钟要是能温柔点，我或许能偷个懒，要是你不在衣帽间发呆太久，我还真没时间到车库取车，哈哈。”Jackie 凑近林萧耳边，补充了一句，“另外，我没有女朋友，你还有机会!”

败了，林萧一个激灵，彻底无语，下意识地双手护胸……眼前这个身材颀长，瘦而不弱，面容苍白，笑容羞涩却眼泛桃花的妖娆男子，难道，难道，他就是传说中的……

“干吗，我看起来像是会咬人的样子吗？哈哈……哦，对了，我也没有父母，我是孤儿，所以，我很自由!”气氛急转直下，再轻松的语调，也掩盖不了“孤儿”两个字扩散出的悲凉。

“对不起，我不是故意的。”林萧放下双手，不知道该说什么好，更不敢多问，于是生硬地挤出这么几个字来。

“嘿，你没有对不起我，你应该谢谢我，如果不是这样，哪个倒霉鬼会给你做免费导游呢!”Jackie 一边说着，一边发动汽车，“来吧，今天去哪儿好呢?”

纽约不愧是美国最大的城市，世界第一大经济中心，处处繁华，步步惊艳。以前都只是在书本上才能看到的景象，如今身临其境，让人不得不感叹其强大的生命力。帝国大厦彰显着超现代的魅力，自由女神见证着历史的进程，中央车站、时代广场、第五大道、华尔街大都会博物馆，无一不透着充满自信的优越感。每到一处，Jackie 总是满心骄傲地热情解说，不管林萧答不答腔，他的嘴愣是没停过。大多时候，林萧只是静静听着，几度怀疑自己是不是穿越了。

这两天被 Jackie 拉着把远近景点逛了个遍，虽然只是浮光掠影，但林萧内心的一个念头却越来越强烈：这个世界不属于他，他更不属于这个世界。

“喂，你到底有没有听我说？你手机在响!”在 Jackie 的提醒下，林萧回到现实，急忙摸出手机——果然是她。

“Hello！林萧，你还好吗？”这样甜腻的声音不是卓佳贤又能是谁？

呃，又不是吴晓迪，为什么心跳会这么快？该死。“嗨，我很好，你们呢？”

“我们？好吧，我很好，但是那个‘们’很不好哦！晓迪生病住院了耶！我想你应该还不知道，所以一收到你私信的新号码，就赶紧 call 你咯，越洋电话欸，很贵的。”

原来，真的出事了。

“嫌贵就别废话了！啊——”林萧血脉贲张，猛地站起身来，差点没把车顶撞出个窟窿，Jackie 不明就里，彻底傻掉。林萧捂着头嚷起来，“佳贤，快说，到底怎么回事？”

“哎哟喂，别急嘛，又不是你掏钱，你这么凶人家会怕怕啦！晓迪的情况嘛，用医生的话说，就是有点点营养不良，有点点贫血，有点点厌食，有点点抑郁。”

“卓佳贤，你给我好好说话！都什么时候了，你还死性不改！晓迪怎么会搞成这样？她现在什么状况？”林萧简直欲哭无泪。

“好啦好啦，不逗你了。要是真有什么事，身为一级死党的我，哭还来不及呢！放心，晓迪没什么大碍。简单地说，她就是害了相思病，精神状态很不好，几天都睡不着吃不下，后来就被送进医院了。据说现在正在昏睡。”佳贤顿了顿，“其实我想问的是，接下来，你到底要怎么办？”

“怎么办？怎么办？我怎么知道该怎么办？我一直都有给她发信息，给她打电话，给她写 e-mail，给她发私信，她从来就没有回复过。她就像流动的空气一样若即若离，时刻包裹着我又不肯被我抓到，我都不知道该往哪个方向去找她，你说我该怎么办……”

“哎哟喂，我的文艺小青年，还‘流动的空气’，要不要那么酸啊，不就是‘风’吗？不过我看啊，你才是‘风’，晓迪是被你吹乱的‘沙’！趁着她休整的这段时间，你还是好好想想吧。”

挂掉电话，林萧怔怔地坐着，目光呆滞，像只漏了气的气球。Jackie 在一旁不知所措，试探着用手肘轻轻碰了下林萧：“Are you ok？失恋了吗？没关系，你还有我，她不能给你的，我可以给你！”

“闭上你的鸟嘴，Jackie，我想一个人静一静。另外，不带这么安慰人的。”林萧阴森森地说。

Jackie 瘪瘪嘴，欲言又止，将车掉头朝公寓方向驶去。

一进门，林萧就把自己狠狠扔到床上，第一次真真切切地感到了无助。他恨透了现在的自己，就算暂时没有能力让所有人幸福，难道连保护一个人的能力也没有吗？

“叮咚——”门铃不识时务地响起来。

行不行啊，谁这么没眼力，偏在这个时候赶来讨骂？林萧从床上弹起来，怒气冲冲地去开门。

门开到一半就看见Jackie斜靠在门边，扬了扬手里的朗姆酒，一脸坏笑：“嘿，看在它的分上，你是不会把我赶走的，对吧？”不等林萧答话，他已经推开门越过林萧径直朝客厅走去。

“你……”

“你你你还不去拿杯子？”Jackie把沙发靠垫正了正，一屁股坐下去，跷起修长的腿，没有再起身的意思。

“我……”

“我我我说能顺手开下电视吗？”

林萧被他搞得哭笑不得，严重怀疑他是不是吃错了药。好吧，看在两瓶酒的分上，他无奈地说：“你！换鞋！我！投降！”

林萧翻箱倒柜找来酒杯，坐在一侧的单人沙发上。Jackie迫不及待地往杯里倒酒，嘴里也没闲着：“你们中国人不是常说‘一醉解千愁’吗？今天你能搞定它们，它们就能帮你搞定一切！”

“你个死老外，还能背古诗。”林萧打趣着，嘴角却是苦笑。

酒过三巡，林萧渐渐卸下所有的防备，和Jackie一样，在沙发上横躺竖卧。因为酒精的关系，气氛倒是轻松了不少。林萧打心眼里开始感谢Jackie的存在，或者说感谢他带来的迷药，否则这个夜晚该是多么难熬。

“林萧，老实说，你是不是真的失恋了？”Jackie头冲着林萧的脚发问。

“比失恋更惨，我都不知道自己到底有没有失恋。”林萧冲着天花板哀叹。

“这可不好玩。是因为你来美国的事情吧？她是怎样的女孩？你真的很爱她吗？如果她放弃你，你还想跟她在一起吗？”

“爱？怎么样才算？一直以来，我们都在以自己的方式去爱对方，但对方真的可以理解吗？就好像她说‘要’，我不知道她到底是‘要’还是‘不要’；她说‘好’，我不知道她究竟是‘好’还是‘不好’；如果她说放弃，就真的是甘心‘放弃’吗？Jackie，你懂吧？”

“当然，女人就是这么麻烦的生物，所以……不招惹女人最好。你看我过得多自在，自己是自己的，自己为自己活，呵呵。”

林萧听出那笑声中的自嘲，于是从沙发上撑起来，换了个方向躺下：“谢谢你，Jackie，你暂且算是我在美国的第一个朋友，至少你在陪我喝酒。”

“嘿，朋友，我还可以陪你做更多的事情。”一股幽兰气息循着耳际拂来，带着唇的热度，毫无遮拦。

林萧浑身僵硬，呼吸急促，像是梦魇。他“噌”地坐起身来，鸡皮疙瘩掉了一地，酒也醒了大半：“你个妖孽，给我回自己屋去！”说着便拽起斜倚在沙发上摇曳生姿的Jackie，不由分说地把他拖到门口使劲往门外推。

门被迅猛地关上。林萧深吸一口气，定了定神，摇头感叹还好自己定力十足才能幸免于难。Jackie一边敲着门一边喊着：“喂，我的鞋！”

“砰——”一双鞋从门缝中飞出，继而撞到某种柔软物体发出一声闷响。

林萧不顾外面的哀号，穿过混乱的客厅，跌跌撞撞回到卧室，把脸深埋进被窝。终于安静下来，那么，就把一切悲痛留在这一天吧……

“叮咚——”门铃再次不识时务地响起。

怒！

门外是 Jackie 难得的一本正经的面孔，他手里提着换下的拖鞋：“我想应该把这个还给你。”他不好意思地挠挠头，“另外，我们可能有些误会。我刚才是想说，谢谢你把我当朋友，以后不管是开心还是难过，我都会陪在你身边。晚安！朋友！”

林萧准备好的满腔怒火，到头来无处发泄，只好说：“拜托，关于鞋的事情，我们明天再聊好不好，一定得今晚解决吗？快回家睡觉吧。晚安！朋友！”

看着 Jackie 满意地往回走，林萧轻轻关上门，就近倒在了沙发上。他隐隐有种预感，事情发展到这里，一定会“一而再，再而三”，最后“三而竭”。不是 Jackie 死，就是他林萧亡。

正琢磨着，“叮咚——”门铃果然大胆地来挑战极限。

“啊——你个精神病，有完没完！”林萧顺手抓起沙发的靠垫，一开门就狠狠掷了出去！

“啊——”门外的尖叫声划破长空，走廊上回荡起恐怖的音波，“你就这么不想见到我？”

“怎么是你?!”

第二章 追随

仿若是存在于第五维度，时间失去了它的效用，在流逝的生命中凝结出永恒的刻度。

林萧看着眼前眼泪止不住狂飙的吴晓迪，一把搂过那久违的娇小身躯，在她耳边喃喃地说：“你这个笨蛋，你干吗不躲开？幸好我刚才扔的不是酒瓶……”

“喂，一点都不好笑！”吴晓迪把压在自己肩上的分量推开，嘲弄地说，“看来你在这边过得很爽嘛！还有心思喝酒哦？”

气氛好诡异。“先进来吧，深更半夜的，别打搅别人休息。”林萧把吴晓迪拉进门里，看着她的眼睛，她却刻意把脸转向一边。

吴晓迪环顾四周，找了个舒服的位置坐下，抬起头冲着站也不是坐也不是的林萧微笑着。林萧突然觉得毛骨悚然，晓迪不是躺在医院吗？怎么大半夜出现在自家客厅里？是自己喝高了，还是在做梦？他偷偷掐了下自己的胳膊，疼。看来不是做梦，难道是……难道晓迪已经命绝？难道自己和她已经阴阳两隔？不怕不怕不怕，不管她是人是鬼，她都是亲爱的晓迪。

“喂，你不坐吗?”

“啊？做？现在?”

“去死吧，想什么呢？我好不容易偷跑出来，飞了十几个小时欸，连杯水也不给倒，还想做?！真是站着说话不腰疼!”

吓死我了，真是人吓人吓死人。林萧长嘘一口气，赶紧“吼吼”地傻笑着去厨房找水。一分钟，两分钟，三分钟……十分钟过去了，他终于无奈地拿着一个空杯子走出来：“那个，好像没水了，不过，刚才剩了点酒。”

“没事，都一样，我们也好久没在一起喝酒了。”吴晓迪接过杯子，给自己倒了一点。

林萧一边给自己倒酒，一边强作镇定地问：“你怎么会来？不是生病了吗?”

“想你就来了呗。怎么，好像来得不是时候？刚才……看来有奸情啊!”吴晓迪的声音充满挑衅。

“奸什么情，隔壁住了个拖油瓶……唉，这事儿不重要，回头再跟你解释。重要的是，你怎么不事先告诉我一声就来了？我可以去接你啊！再不济也应该跟佳贤说一声，今天下午她还跟我说你没醒。你一个女孩子，又生着病，多危险？对了，你的行李呢？你不会就这么来了吧？你的签证怎么弄的?”林萧小心翼翼地在吴晓迪身边坐下，奇怪她居然只提了个小小手包就横跨了地球十几个时区。

“我当然只能就这么来了，要不然呢？回家收拾行李，大张旗鼓地向全家人宣布我要逃跑，然后等着他们停掉信用卡，撕掉护照吗？至于签证，其实早就申请下来了，本来想陪你过来嘛……还有啊，我要是跟佳贤说，不就等于是告诉全世界了吗?”吴晓迪一口气差点没上来。

“好吧，那至少应该让我知道。我给你发了信息和电邮，美国的电话、地址也都告诉你了……就算生病回复不了，好歹来了也给我打个电话才对嘛!”

“我当然有看到，要不然怎么能找得到这里？好啦，我手机不小心牺牲掉了。逃出来不容易，要不是知道我妈有在门垫底下放备用钥匙的习惯，我连门都进不去。光是潜逃回家拿到这些东西就够刺激的了，哪有时间去买新手机?”吴晓迪说着拍了拍手边的包，狡黠地笑了笑，“再说，我就是想来看看你的新生活是什么样子，要是告诉你我要来，你一切都有所准备，那多不真实啊！而你看到我，好像并不开心……”

“说什么呢，吴晓迪，你又开始胡搅蛮缠了，你是专门到美国来跟我继续吵架的吗？我只是担心你，你为什么不懂呢？就像之前我不愿意你跟我一起来吃苦一样，我希望你能理解。”林萧心痛地伸手揽住吴晓迪的肩，却被她柔柔地拨开了。

“吃苦？喂，你看看你看看，如果这是吃苦，全世界人民都会去吃苦好不好！你就是怕我拖累你嘛!”吴晓迪“噌”地站起来，用仇恨的目光再一次扫射全屋。

仿佛是回到了许多天前，相同的命题两人已经过招无数回，现在又绕了回来。林萧心里升起想要撞墙的冲动，唯一的办法就是曲线救国：“好了，宝贝，这些话要说多少次，我们才能相信对方、理解对方呢?”他把吴晓迪的脸强行扳过来面向自己，“看着我的眼睛，听我说。你来到我身边，我真的很感动，很开心，很幸福。谢谢你给我的惊喜（一度惊恐），现在，我真诚地向你发出邀请，吴晓迪，你愿意继续担任我异国旅程的女主角吗?”

“不!”吴晓迪皱起眉头，林萧瞬间石化。

“不是异国旅程，是人生旅程!”吴晓迪凑上去盯着林萧的双眼，秋波暗送，蜜意无限。哇，真是好感动，连自己都被感动了！什么叫欲扬先抑，什么叫罗曼蒂克，什么叫冰火两重天，哈哈哈哈！原来我吴晓迪演技如此精湛，哈哈哈哈，吴晓迪终于还是没憋住，张牙舞爪地笑起来。

林萧觉得自己没有脑出血堪称奇迹：“小妖精，你不搞疯我不爽是不是?看我怎么收拾你！你给我过来!”

医院住院部总是充满了诡异的祥和气氛，不管外面是阳光普照，还是大雪纷飞，好像都与里头的冷淡安宁毫无干系。走进来的人都是小心翼翼，走出去的无非欢天喜地或是哭天抢地。

“医生！快来啊！快来啊!”方华像火箭一样冲到走廊上，没有目标地大喊着。

主治医师急吼吼地往病房赶，小护士们尾随其后，一群人呼啦一下把单人病房填了个满满当当。陈医生瞅都没瞅站在一旁的晓迪父母，二话不说挽起袖子冲到空荡荡的病床前：“怎么了？怎么了？人呢?”众人齐刷刷地望向方华，陈医生的脸冷得像个冻柿子。方华退后一步，有气无力地说：“我还想问你们呢！吴晓迪呢？我的宝贝女儿呢?”

据方华说，前一天晚上她回家休息前女儿还好好地躺在床上，见她没有丝毫清醒过来的迹象，她便决定回家稍事休息，早上来了不见人，以为孩子醒了胡乱走走，结果她把住院部翻了个底朝天也没找到吴晓迪。

她话音刚落，被急速召唤而来的吴愈闯了进来，看看妻子，又看向陈医生，病房里的气氛降至冰点。陈医生没有说话，再度走到病床前，躬下身凑近病床研究起来，四周升起作案现场般的不安情绪。半晌，陈医生喃喃地说了句："嗯，应该不是绑架。"

众人无语。

陈医生整理了一下袍子，对着晓迪父母说，住院部是有监控的，可以去调来看看，说不定会有线索，说完便带着一群小护士离开了病房。

晓迪父母满怀心事地对视一眼，愁眉不展，商量了一下，决定方华先回家守候，说不定女儿醒了之后不习惯医院环境自己回了家，吴愈留在医院，先去调监控，再找找关系动员一些朋友帮忙找找。战略部署完毕，两人先后出了病房，一刻也不敢怠慢，匆匆执行任务去了。

方华难得奢侈一回，打了个车迅速赶回家。出了电梯，走到门前，见一块被胡乱翻开的地垫瘫软在门口，她心脏一阵猛跳，一边大声喊着"晓迪晓迪"，一边赶紧掏出钥匙开门。只听说过开门见山，吴母一开门就看见七零八落，她也顾不上细想到底是被打劫了还是吴晓迪在发疯，直冲进屋内。四下搜寻了半天也没见女儿的踪影，家里的柜子抽屉却都邪恶地张着嘴，像是在抱怨什么。细细地把金银细软盘算了一下，该丢的都没丢，唯独少了之前为了提防吴晓迪"私奔"而藏起来的她的证件。

难道……

阳光带着特有的温柔投射到床上。吴晓迪感受到一阵幸福的热度。她懒懒地抬起眼皮，一张再熟悉不过的面容映入眼帘。心脏狂跳一下，她猛地翻身而起，不可置信地瞪大眼睛，迅速四顾了一番，惊讶得合不上嘴。

林萧被一阵突如其来的震动惊醒，侧着头睡眼惺忪地望着床边呆立的人：“吴晓迪，虽然我秀色可餐，你也不至于垂涎三尺吧？快把口水擦一擦！”

吴晓迪回过神来，“啊——”一声，掩面冲出卧室。林萧搞不清楚状况，赤脚追了出去，却看见吴晓迪像游魂一样站在卫生间里幽怨地看着他：“林萧，你家还有别的卫生间吗？”

终于知道玻璃隔断的好处了，林萧心中暗爽，坏笑着说：“没有咯，大小姐你就凑合着用吧。嘿嘿！”

吴晓迪双手叉腰，向玻璃外的人使劲翻了个白眼，抬起手朝卧室方向一挥。林萧学着Jackie的样子耸耸肩，优哉游哉地晃回了卧室。

看着镜子里面红耳赤、衣衫不整的自己，吴晓迪大脑一片空白。她赶紧用冷水拍了拍脸，迅速整理了一番，真实的清凉感让情绪渐渐平复下来。真的是在做梦？为什么感觉如此怪异？她瞅着镜子里的人，捏捏胳膊，拧拧大腿，扭扭腰，晃晃头，好吧，没有异状。

“喂，吴晓迪，你在干吗？”林萧不知什么时候已经穿戴整齐重返现场，看着面对镜子手舞足蹈的吴晓迪，哭笑不得。

“没有啦，我在、我在做广播体操。陈医生说我应该锻炼身体了！”吴晓迪无奈，只好继续滑稽地甩手扭腰。

林萧好像并没有在意她的解释，兀自穿过玻璃门，走到她身后，环抱住，在她耳边痴痴地说：“我说，宝贝啊……我想……”

“你……想怎样？”吴晓迪浑身一颤。

“我想用下卫生间！”

林萧洗漱完毕来到客厅的时候，见吴晓迪正站在阳台上享受纽约的晨景。在某个方向有着林萧即将就读的学校，在繁华乱世之中辟出的高雅殿堂。周围行色匆忙的上班族恐怕舍不得花一秒钟的时间来感受它的气息吧，生活在哪里都是现实的。而这一切就像在做梦一样。她终于还是选择去做自己想做的事情。从昨天到今天，上网，私信，电邮，机场，航班，纽约，公寓，林萧……恍若隔世，却触手可及。

“一会儿我得回家陪老妈吃饭。他们还不知道你来了，所以，恐怕不方便带你去。我会找机会跟他们讲的，行吗？”林萧冲着晓迪金色的背影淡淡地说。

“嘁，我有那么小心眼吗？好好陪你老妈吧，我没关系的。再说，我这个丑媳妇，还是暂时别去惊扰公婆的好。”吴晓迪转过身笑笑，继而又转了回去继续看风景。

这家伙正常的时候还是蛮善解人意的嘛。林萧想着，接着说：“我也不知道什么时候能回来，可能没有时间陪你熟悉周围环境了。你别乱走哦，免得走丢了，害我到处找你。”

“省省吧，我又不是三岁小孩，能从中国追到美国的人，还能走丢到哪里去？”

“那好吧，那么，就交给你一个艰巨的任务……”

“什么？”

“赶紧去买个新手机，别让我找不到你！”

放心，林萧，我再也不会让你找不到我了。

另外，亲爱的，生日快乐。

走廊里一片寂静，林萧踱到 Jackie 房门前，犹豫不决，打电话？敲门？直接走人？正想着，门突然开了，林萧立马换上尴尬的笑脸。

Jackie 优雅地走出来，晃了晃车钥匙："什么都别问，你关门就意味着该我开门了。走吧，兄弟。"又是个古灵精怪的主儿，得罪不起啊！林萧摇摇头，和 Jackie 并肩往外走去。

"昨晚的事情不好意思了，我不是故意的，喝了酒有点亢奋，控住不住情绪。"林萧坐在副驾驶的位置上说。

"哪里哪里，"Jackie 阴阳怪气地回应，"你控制得很好呀！哈哈……"

林萧头皮发麻："我跟你说正经的呢，你要再这样，我可不敢再跟你喝酒了。"

"说正经的？好吧。你屋里怎么会有女人？"Jackie 正经起来更可怕。

"你怎么知道？"

"废话，早上她那声尖叫，比你的闹钟还惊魂！"

"既然你都知道了，那我也没什么好隐瞒的。我女朋友来了。"

"How？"

"坐飞机。"

"你在侮辱我的智商。我是说，她怎么会来的？你们不是分手了吗？"

"我什么时候说过我们分手了?! 她本来就打算来美国，只不过是早来了一些。"

"我看，不是早，是突然，连你都没准备！离家出走？她父母要是找来，看你怎么办！"

"该死……"林萧突然紧张起来，撇下 Jackie 的问题，焦急地摸出手机，"喂，晓迪，还好你在家。我突然想起来，那个，我卧室床头柜第二个抽屉里有备用的现金和门钥匙，你出门记得带哦，乖!”

“哦！卧室床头柜第二个抽屉!”Jackie 淫笑。

“别‘哦’了，你这辈子都休想踏进我卧室一步！休想!”

吴晓迪放下电话，飞奔到卧室，打开床头柜第二个抽屉——哇！美金欸！这个梦要不要这么霸道啊!

虽然出身富贵，也不是没见过美金，但这个时候吴晓迪真心亢奋。在她看来，世界上最爽的事情莫过于此——把别人的美金变成自己的美金。哇哈哈哈哈!

吴晓迪当然知道，家里人发现她逃匿之后，定会第一时间停掉她赖以生存的信用卡。而此时，她却拥有可无限透支的人工智能 ATM，根本不用担心自己会“穷死”，要死估计只会“笑死”吧！是人看到此时的吴晓迪，都会以为自己走错了医院。她抱着钱在床上翻滚着，泪花四溅，狂笑不止，恐怖的笑声穿过卧室，穿过客厅，穿过走廊，穿过纽约大学的上空，穿过车水马龙的大街，穿过车门，钻进林萧耳朵里。林萧感觉心脏毫无征兆地抽搐了一下，莫名其妙。

虽然来到纽约也有好几天了，但林萧再次跨进这个家门的时候，依然觉得像是进入了异度空间。如果说亲切感的确是需要很长时间才能培养出来的情愫，那么，为什么自己这么努力地去适应，到现在还是没有办法放松下来?

和张翼天的相处更加让林萧头疼。这个捉摸不透的男人，为了能尽量和林萧拉近距离，就差没跟他同床共枕了。自从第一次圆桌“会议”以来，只要林萧在场，张翼天总会变着法地让他高兴，不仅跟他侃侃而谈人生、哲学、理想以及爱情，甚至还亲自下厨给他做饭。然而林萧表面上看起来一副乐此不疲的样子，骨子里却觉得好不虚伪，反倒在心里故意拉起了一道防线。

今天的饭局是早前约好的，昨天中午肖柔还特意给他打了电话，提醒他千万不要忘记。林萧搞不懂为何这次要如此郑重其事。

果然够郑重。没有前几次的瓷面圆桌，没有粗茶淡饭，饭局第一次被安排在硕大的法式餐桌上进行。张翼天笑呵呵地在席首入座，然后招呼大家依次就座。之所以说“大家”，是因为，这次 Jackie 出人意料地加入了进来，被安排在林萧身边坐下。肖柔坐在张翼天的左侧，林萧的对面，显出别样的端庄优雅。

林萧从未想过研究西餐礼仪，从前偶尔跟朋友去吃西餐，都是能用手就用手。虽然是所谓的家庭聚餐，这个阵势还是让他有点手忙脚乱。他斜眼瞟了一眼张翼天，又看看对面端坐的肖柔，开始发颤，幸好身旁的 Jackie 适时地拍了拍他的大腿，示意他安心，他才没有借口上厕所溜掉。

餐点陆续上桌，纵然味道绝佳，但吃的人“心中有鬼”，也品不出优良中差。这时一个威严的声音透过冰冷的刀叉声，传入林萧耳中：“林萧啊，离你开学还有好长一段时间，我琢磨着你也不能一直这么闲着，就跟你妈商量了一下，想让你帮我打理打理公司，就算实习吧，呵呵。”张翼天笨拙地拿起小瓷碗喝汤，两口就见了底，“吧唧”了几下嘴接着说，“要到商学院进修，有一些实际经验总是好的嘛。再说，这个公司迟早都是你的，让大家熟悉你，是必不可少的阶段。你觉得呢？”

这是撞了什么邪？怎么所有事情都像炸弹一样，说炸就炸，一点不带商量的?！吴晓迪是这样，张翼天也是这样！不过，貌似也不是件坏事，我是答应呢？还是答应呢？还是答应呢？林萧暗自揣摩着，努力选择最恰当的说辞："张叔叔，我才疏学浅，怕是担当不起啊。"呃，要怪只能怪这句台词太经典，话一出口林萧自己都觉得脸红。

"哈哈哈，自家人，就别谦虚了。早听你妈说你成绩很好，高才生就是不一样，说出来的话就是有文采。"

如果地上有洞，林萧肯定立马往里钻。

"林萧，别担心，都是简单的事务，说穿了也不用你做什么，监督监督就好了。来，这里是香港分公司的简单情况，"张翼天把一份厚厚的文件递给林萧，"你先回去看看。这个公司是去年才注册的，运作得还行，项目也简单，压力不大。我的意思是，你先从简单的入手，一步一步来。我相信你肯定没问题！"

林萧接过文件，随手翻了起来：香港翼天金属贸易有限公司，注册资金五百万，企业法人林萧……企业法人林萧！他惊愕地站起身来，指着文件大叫："这上面的名字是怎么回事?"

"儿子，你先坐下再说。"肖柔终于按捺不住地笑开了，"你呀，都多大了，每年生日都要老妈打电话提醒你。昨天中午打电话给你，听那个茫然劲儿我就知道，肯定又忘了！怎么样？你张叔叔特意给你准备的生日礼物，去年注册的时候他就执意要落在你名下，说是等到你叫他'爸'的时候，好有份像样的礼物。"肖柔说着，羞涩地朝张翼天望了望，张翼天不好意思地摸摸自己的光头，接过话来："叫'叔叔'挺好的，别难为孩子了。林萧，如果你把它看作礼物，或许会让你感觉压力太大，我希望，你能把它看作责任，看作事业，看作未来，这样你才会有动力去迎接它！"

坐回原位的林萧心乱如麻，一切来得太快，反而显得失真。肖柔的话没错，今天是自己的生日，这是他有生以来得到的最昂贵的生日礼物；张翼天的话也没错，或许这不仅仅是一份礼物，还是一个未来。但是，这个未来真的是自己想要的吗？林萧迷茫了。此刻的他失去了辨别的能力，失去了选择的能力，也失去了抗拒的能力。

在张翼天气势如虹的“迎接它”三个字之后，林萧只淡淡地说了声“谢谢”便再无他话，气氛尴尬至极。Jackie 赶紧给坐在身旁的“休眠火山”倒上酒，在他耳边说：“别担心，酒是我们最好的朋友。”果然是妖孽，什么事都瞒不了他！林萧朝 Jackie 报以感谢的微笑，端起酒杯一饮而尽。

酒果然是人类最好的朋友，再拙劣的闹剧也可以在它的麻醉下华丽收场。林萧完全不知道自己是怎么被塞进了车里，怎么被抬进了电梯，怎么被扛进了公寓，怎么被拖进了卧室。

吴晓迪躺在床上，极不情愿地起身去开门。她认定自己这一辈子都不会忘记开门瞬间看到的那个惊艳且狗血的镜头：两个面若桃花的美男子勾肩搭背纠缠着跌进房间，瘫软在地上，其中一个用残存的一丝意识向吴晓迪抛去媚眼一枚：“美女，我的任务完成了，接下来就看你的咯。”然后用爬的，挣扎回隔壁，临走还不忘体贴地带上房门。

剩下一个烂醉如泥，搂着俯下身想把他拽起来的吴晓迪说：“嘿，Jackie，你家的床太硬了，明天哥给你买张新的！”看来想把这坨庞然大物拽起来是不可能的，好吧，只能来硬的了。吴晓迪一手抓起林萧的一只脚，把他往卧室拖去，其间还被暗算了两回。

好歹进了卧室，吴晓迪已经精疲力尽，看了眼床，叹了口气，没办法，不能让他上床，只有让床“上”他了！对不起，林大少爷，您就在地上将就一晚吧。吴晓迪把被褥铺到地上，推着林萧滚上去，再把被子反叠过来把他紧紧裹好，只露出一个头来，枕上枕头。哇，好大只的“老北京人肉卷”，吴晓迪，你真是太有才了，不知道明天林萧醒来会怎样。对了，这两条该死的腿，刚才还想反抗，让我给你点颜色瞧瞧！吴晓迪复又蹲下，仔细把“人肉卷”的鞋带摆弄了一番，大功告成……

怎么回事？头好痛！一点力气都没有！我的手！我的腿！林萧刚从宿醉中醒来，又再次陷入另一番棘手的困局。他痛苦地转过头，朝斜上方的床大喊：“吴晓迪，你干吗把我缠成木乃伊，你不想活啦？快给我解开！我要上厕所，我要大便……”

N 秒钟过去了，无人应答。林萧气绝，倔强地放弃救援，在地上滚来滚去，终于滚出了效果。他坐起身，气喘吁吁地自语：“吴晓迪，算你狠！”起身，迈步，“呼——”，“啊——吴晓迪，你死定了！”

门外传来恐怖狂笑。吴晓迪扭捏着走了进来，蹲下，用一根手指挑起林萧充满仇恨的脸：“哪里是木乃伊，明明是‘肉卷’。喂，你知不知道把一摊烂泥裹成‘肉卷’是多么艰辛的劳作，居然还口出狂言！早知道让你直接睡地板好了。”礼毕，吴晓迪伸了伸懒腰，满意地走出了卧室。

一摊烂泥！林萧从地上爬起来，一言不发地尾随而出，径直走进卫生间蹲在马桶上发起呆来。昨天，饭局，生日，公司，冷场，觥筹交错……。

“林萧，你没事吧？”吴晓迪站在卫生间外满脸黑线。

“干吗一惊一乍的，我全身上下哪个地方你没看过，我不介意你近距离参观。”

“我只是没见过上大号不脱裤子的！”

“……”

林萧好不容易清理妥当，冷面从吴晓迪身边飘过，去往衣帽间方向，却被衣帽间门上的一张字条挡住了去路：“第二个衣橱第一个抽屉。不要太感动哦！爱你的晓迪。”又想捉弄我是不是？偏看你要什么花样！

在指定的地方，林萧见到一方精美的礼盒。他拿起来左看右看上看下看，摇一摇扭一扭闻一闻，拆掉包装纸，轻轻打开：“嘀嗒——嘀嗒——”马耳他十字，PATRIMONY 传承系列。

“亲爱的，生日快乐！本来想昨晚给你的……应该是你一直想要的那一款吧？喜欢吗？”吴晓迪靠在门边欢快地说。

林萧默默走过去，深情地将她揽入怀里：“晓迪，谢谢你，谢谢你这么有心。你记住，对我来说，只要是你给的，是好是坏是贵是贱，我都喜欢。”是的，这才是我有生以来得到的最美好的生日礼物。

“是好是坏是贵是贱都不重要，林萧，重要的是，我要我们一辈子都在一起，每一分每一秒！从现在开始，我以后的时光，都交给你了！”晓迪双手环在林萧的腰际，在他胸口呢喃着。

仿若是存在于第五维度，时间失去了它的效用，在流逝的生命中凝结出永恒的刻度。

不知过了多久，吴晓迪探出头来：“憋死我了！”是的，就算再温存的画面也有结束的那一帧……

林萧用大手轻揉着晓迪的头发，这是晓迪最爱的亲昵方式：“晓迪，我想，我有些事情需要跟你商量一下，不过站在这里聊的话可能会很累。”林萧把她牵回了客厅，按在沙发上，倒上一杯温水。

“你先别说……是不是，你跟他们说了我来的事，他们表示无法接受，打算赶我走?”吴晓迪心慌意乱。

“呵呵，我一直以为我的晓迪是坚强的乐天派，怎么突然悲观起来了?是跟我家人有关，不过，他们不是为难你，是为难我。”林萧认真地说。

林萧把前一晚的“激情遭遇”娓娓道来，吴晓迪盘腿窝在沙发上，听得目瞪口呆，一个劲儿地喝水。

“晓迪，你说我应该接受吗?这个‘礼物’好像有点太沉重了。”

“林萧，你犹豫，说明你心底里抱有向往，不是吗?你爸……”一道锐利的目光射来，吴晓迪赶紧更正，“张翼天或许有他的考虑，但不管怎样，对你来说这的确是个锻炼的机会。”

“是机会，还是诱惑?从走进那个家门的第一天起，我就直觉事情没那么简单。况且，你又不是不知道，我的理想是当一名精算师，而不是做生意。”林萧努力让自己保持清醒。

“你想太多了吧，就算是这样，精算师不需要了解公司的具体运营吗?再说，现在只是个小公司而已，就算让你帮忙管理，估计你叔叔也不可能放手不管，毕竟都是他打拼来的钱，怎么可能都拿给你交学费?到时候一切还不是他说了算，你不用给自己这么大的压力吧。”

“你不光见钱眼开，还头脑简单。要知道，我来这里是上学的，不是来做生意的，更不是来巴结他的!”

“见钱不眼开的那是瞎子。还有，现在不是你巴结他，是他巴结你好不好?不就是一个多月吗?到时候开学了，你就可以顺理成章把这些事情推掉了嘛。”

“说得轻巧，你买了东西用完了还带退货的吗?”

“这完全是两回事嘛，你这是诡辩。算了算了，这个话题告一段落，现在换我的。”

“……你又怎样?”

吴晓迪直起腰板:“第一,我正式通知你,我的手机号码已经存到你手机里了,以后你必须随传随到!第二,我郑重地告诉你,我要打工……”要不然我会被憋死的!

真是一波未平一波又起,这个吴晓迪真是唯恐天下不乱。林萧掩面瘫倒:“我说吴晓迪,你就饶了我吧,我这就委曲求全去当香港老板赚钱养你行吗?”

“林萧——宝贝——”吴晓迪又开始发功,整个人缠到林萧身上一阵摇晃,“你现在是公司小老板了,一定会很忙的,一定没有时间陪人家啦,人家一个人在家好闷的,搞不好抑郁症又会复发啦!再说,你有 Jackie 做朋友,也给人家一些机会找个蓝颜知己嘛!”

林萧被晃得差点吐血:“拜托您安分守己恪守妇道行吗?我倒是很乐意把 Jackie 转让给你,你要接收吗?你现在身体还那么弱,万一哪天不小心一尸两命了,我这辈子就算毁在你手里了。”

“我就是上帝派来毁灭你的!反正,你答不答应,我都决定了。”吴晓迪说着,只把嘴往林萧脸上凑去。

“好啦好啦,人类已经无法阻止你了,无敌美少女,真拿你没办法,我让 Jackie 帮你找找吧,总不能让你去卖唱,场子被砸了我可赔不起……”

林萧被吴晓迪缠得没有办法 ,只好“放下身段”走到阳台上给 Jackie 打电话。虽然只是一墙之隔,他暂时还真不敢轻易踏入某人的香闺。

趁着林萧打电话的当儿,吴晓迪打开电脑准备给佳贤 QQ 留言,一方面打探打探父母气急败坏的指数,另一方面也好让佳贤知道自己现在很安全。

在吴晓迪的战略中，这个时候必须把卓佳贤拉拢住，拉下水“狼狈为奸”，作为同伙也好成就一点点安全感——闺密是用来干吗的？有时候是树洞，有时候是挡箭牌，有时候是救命稻草，还有时候是临死用来垫背的……

还没想清楚怎么跟佳贤说明白事情的前因后果，那边的头像倒是先闪了起来：“你是人是鬼?”

吴晓迪愣了一下，才反应过来自己对她是隐身可见的：“你才是鬼！这个时候你最好保持缄默，现在我所说的一切你都要发誓不会有第三个人知道……”

“哎哟喂，我什么时候泄露过你的秘密?”仿若化作声波穿越了时空，余音绕梁的“哎哟喂”三个字。

或许是不想让林萧听见，吴晓迪没有用语音视频，对着键盘噼里啪啦地一顿猛敲，就像在写一出剧目，直看得世界那头的卓佳贤目瞪口呆惊心动魄。毕竟还是二十几岁的年纪，遇到这种为爱痴狂的桥段，心里总是亢奋大过顾虑，卓佳贤便是如此，虽然理智上某个瞬间并不够坚定，但下一秒便郑重承诺她会切实履行保密的责任。

吴晓迪从佳贤那里知道了些许父母的情况，好像比想象中简单明了许多，他们看了医院的监控，调了住宅电梯的监控，查了护照出入境情况，然后得出一致意见——吴晓迪去了美国。通过吴愈的关系，要找一个人简直易如反掌，至于为什么事过几日自己还没有被遣送回国，用卓佳贤的“贱人”逻辑分析，事情或许是这样的：反正跑得了和尚跑不了庙，躲得过初一躲不过十五；找不到你也能找到林萧，找不到林萧也能找到他妈；没有马上封杀你，是给你改过自新的机会，坦白从宽，抗拒从严，你若继续安好，休怪我晴天霹雳！

被“贱人”这么一说，晓迪心里不免有些慌张了，刚想再多问几句，只见卓佳贤又匆匆甩出几个字来：“哎哟喂，跟你聊得差点误了大事，我一会儿还有面试呢！”

“哪儿的？”

“泰诚！”

看到“泰诚”二字，吴晓迪哭笑不得，好不容易憋出一句话，还没发送出去卓佳贤的头像就已变成黑白的了。好吧，亲爱的佳贤，祝你好运。

就整个法学院来说，卓佳贤虽不及吴晓迪优秀，但也是屈指可数的才貌双全的女生之一。她身上所体现出来的一切气息仿佛都是为了配合她那杀人于无形的软骨声线，能乖巧到人心里去。就连老师们也偶尔会小小偏心于她，不论何种借口的请假总能通关成功。佳贤的家境不及晓迪优越，只不过是一般的小康之家，难得的是父母能力所及之内从不亏待她，养出她开朗无邪、不卑不亢的个性来。对于卓佳贤，吴晓迪是有些羡慕和依赖的，从小在严父的管教下她几乎没有过真诚交往的朋友，直到遇上这个拥有灿烂笑容的女孩。或许，只能用“性格互补”的理论来解释高傲的吴晓迪与乖巧的卓佳贤这对奇妙组合吧。

卓佳贤远远就看见“泰诚律师事务所”的字样，没想到一个小小的律师事务所不仅地处繁华 CBD，立个招牌还那么张扬。本以为导师只是随便应付自己罢了，看来还真的很上心嘛。卓佳贤，千万不可以给导师丢脸哦！

“您好，请出示一下您的证件，做下登记。”前台小姐露出职业的微笑。

卓大小姐还是第一次被要求登什么记，正要发作，转念想了想，客气地说：“不好意思，我跟秦律师约好了……那个……”

“哦，您是卓小姐吧，您稍等，我这就联系秦律师。”前台小姐打过电话，职业地微笑道，“秦律师正在开会，马上就好，他请您先到他办公室稍等片刻。您从这边进去直走，过了会客区，第三个办公室后面左转，然后再走过三个办公室，右转，左手边就是了。”

“三，左，三，右，左……ok!”真不愧是法律系的高才生，脑子就是好使，一下就记住了。佳贤刚迈开腿又被叫住：“对不起，卓小姐，您还没有登记……”对方露出职业的微笑。她愤愤地乱画下自己的名字，笔一扔扭头就往里走。

事务所内的装潢朴素柔和，墙面是温暖的淡粉色，角落里零星点缀着绿植与甜美饰物，窗边挂着几株吊兰，午后慵懒的阳光透进来，把一半的白色家具镀上了金色，一切都与律法要求的严苛态度大相径庭。卓佳贤不由自主地微笑起来，穿过会客区，第三个办公室，左转，再过三个办公室，右转，然后，左边？还是右边？左还是右？烦死了，都是那个讨厌的“登记”搞的！

她努力回忆着“口诀”，突然被右面墙上硕大的镜面吸引了目光。或许是出于女人天生的喜好，她毫不犹豫地走过去，对着里面的美人欣赏起来。正面，侧面，四十五度，完美。咦，左边睫毛好像耷拉下来了耶，赶紧补补妆。卓佳贤把脸凑近，抿着嘴，闭上左眼，一手撑着眼皮，一手拿着睫毛膏仔细地涂起来……

“吱——”身旁的门突然打开了，一群人鱼贯而出。佳贤赶紧双手往后一背，靠边站好给他们让道，却发现他们每个人都不约而同地朝她投来怪异的眼神，掺杂着疑惑、揶揄、惊奇，甚至同情。

最后一个走出来的男子在她面前站定，用毫无情绪的语调说：“你好，你就是卓佳贤吧？我是秦淮。真抱歉，我还没来得及给你准备一个化妆间。”

“哈哈，您好，秦律师，您真是说笑了，我还以为……以后还需要您多多指教呢。”咦，这人怎么那么眼熟？之前有见过？但是他又像是没有见过我。导师啊导师，有没有搞错，哪个知名律师会这么年轻，看起来也大不了我几岁嘛，算了算了，反正有薪水就好了。卓佳贤心里琢磨着，礼貌地将身体微微前倾：“您怎么知道刚才我有补妆？”

秦淮顾左右而言他：“刚才不是交代前台，让你到我办公室等我的吗？在门外瞎晃什么？”

“是我的错，我方向感太差。”拽什么拽，要不是看在导师的面子上，我卓佳贤才不会跑来这里给你端茶倒水！

“方向感差没关系，这么年轻，眼神儿不好问题就大了。”秦淮指了指左边的门，门上的金属标牌上赫然刻着斗大的几个字——泰诚律师事务所，秦淮。看着面红耳赤的女孩，他继而冷淡地“安慰”道，“没关系，第一天来，没迟到已经很不错了。我们进屋聊吧。”

平时口舌伶俐的卓佳贤此刻毫无还手之力，只得乖乖尾随进屋。秦淮的办公室整洁得毫无人气，侧面的保险柜层层紧锁，桌面上除了电脑、电话空无一物，墙边的浅白沙发像极了一块冻豆腐……秦淮面无表情地示意她随便坐，自己则坐到了乳白色办公桌的后面。

居然是 Harbor House 的桌椅，真有钱。正如吴晓迪所说，人以群分物以类聚，卓佳贤也是个不折不扣的“见钱眼开”的主儿。于是乎，她顿时精神百倍，笑靥如花地欣赏起 Harbor House，视线从桌面一点点往上移——指如青葱，面若冠玉，目含朗星，唇似刀锋……

“你看够了没有，要不要再看一会儿？反正我们这儿是计时收费的。”

……心如蛇蝎！

秦淮看她收敛了几分，这才慢吞吞地开腔："你的情况我大致已经清楚了。这边的工作很简单，主要是整理case的资料，以及些零碎杂事。工作量不大，但是比较烦琐，需要很细心，像刚刚那么马虎，我是绝对无法容忍的。试用期的薪水很低，不过如果可以配合做一些案子，会有额外的奖金。另外，听李老师说你家比较远，那这样吧，以后每天下午两点来上班就好，反正上午我也都不在。听清楚了吗？有什么问题吗？"

成为优秀律师的必备功力——决不给对方插嘴的机会。卓佳贤恍惚地摇摇头。

"那好，今天就先这样吧。明天来了，我再给你安排工作。你可以走了。"

卓佳贤大松一口气，赶紧站起身礼貌道别，正向门外走去，背后突然传来一阵魔音："哦，对了，以后上班最好别穿短裙，会不太方便。"

什么？色狼！卓佳贤下意识地捂住裙角，夺门而出。导师啊，你怎么忍心把学生推进火坑！她一口气疾走到门口，掠过前台的时候放缓了脚步，转身朝前台小姐走去："嘿，假笑小姐，我现在以秦律师助理的身份跟你说一声，明天不要再让我登什么记了，拜托！"

前台小姐诡异地望着眼前的人，用手指了指自己的左眼。卓佳贤不明就里，上前一步："什么意思？"前台小姐侧身让开一点，露出背后的镜面。

什么鬼地方，又不是宾馆，要那么多镜子干吗?!

然而镜面中映出一张错愕的脸，以及一只熊猫眼。

卓佳贤没好气地瞪了假笑小姐一眼，这时手机不识时务地聒噪起来，她看了一眼显示屏，一肚子怨恨都冲着来电泼了出去："你个死女人，要干吗？

不带这么及时添乱的!”

吴晓迪“呃”了好半天，知道佳贤还是不幸罹难了：“刚才你下线太快，本来想提醒一下下的，看来秦淮把你折腾得够呛啊。”

“啊？你认识秦淮?”卓佳贤一边说着一边立在假笑小姐身后的大镜子面前，旁若无人地收拾起来。

“您老真是健忘啊，我家相册都要被你翻烂了，你还没记住那张脸！秦淮就是那个我爸想要塞给我的高富帅啊！他爸是我爸的老同学，而且我们两家原来住得很近，常常串门。秦淮比我大五岁，我能记事的时候他已经上小学了，不过还是常常带着我玩。他高二就被送去英国，大学毕业后回来做了律师，各方面条件都还不错。听说在事务所蹿得很快，很受器重，就是人那个什么了点儿。呀，说起来，我跟他还定了娃娃亲呢。哈哈，不过我一直拿他当哥哥，他也知道我有喜欢的人，大家见面都是好朋友啦。佳贤，要不你考虑考虑，正好近水楼台先得月!”吴晓迪在电话这边挤眉弄眼地说。

“呀，你不早说！我说呢，怎么那么眼熟，但死活都想不起来在哪儿见过。今天丢脸死了，回头他要是再敢这么折腾我，我就把你照片摆我桌上辟邪，哈哈！不过，根本看不出来他比我们大那么多呢。”某人俨然已经呈现出花痴症状了。

“去你的，你要敢让他知道我们有半毛钱的关系，我让你好看!”卓佳贤说得半真半假，吴晓迪自然也应承得半真半假。这里面的利害关系，用脚指头都能想明白，更何况两个人都冰雪聪明，话不出口便心知肚明。

间隙

第三章

尽管此刻和你的身体靠得如此近，
我还是深深感到彼此之间龟裂出的缝隙，
正渐渐变成难以逾越的鸿沟。

衬衣，西裤，皮鞋。芒刺在背。

林萧穿戴整齐，准备去张翼天的公司应战。吴晓迪还在床上呼呼大睡。不知道为什么，这段时间晓迪总是特别疲惫的样子，一倒头就能睡着，一睡就是十几小时，看来之前的确病得不轻。他轻轻走到床前，俯下身在晓迪额头浅浅一吻，无比怜惜。

Jackie 在走廊上等着林萧，手里拿着一沓厚厚的公司介绍。自从前几天酒醉归来，两人关系似乎默契了许多，总是如影随形，见面也不再死磕。关键时候，林萧无须多言，Jackie 便知道该怎样做。林萧甚至觉得，只有 Jackie 在身边，他才是安全的；当然，除了卧室。

这是林萧第一次走进张翼天的公司，其选址避开了繁华的中心区域，低调地隐藏在静谧的 FH 犹太区。公司排场不大，陈设也中规中矩，看起来最值钱的东西就是办公桌上的 Apple 一体机了。不过如果留意的话不难发现，这里麻雀虽小，五脏俱全，业务部、销售部、行政部、客服部、法务部……划分得倒挺细致。就是在这么个地方，张翼天积累起了过亿资产。

Jackie 一边引着林萧往张翼天的办公室走，一边给他介绍着各部门大致的情况。林萧一直以为 Jackie 只是张翼天给自己找来的生活保姆，没想到他对公司的情况了如指掌，想必跟张翼天的关系也不一般，难道……他若有所思地看了看一本正经的 Jackie，现下他和那个私下里千娇百媚的男子判若两人。

见林萧走进来，张翼天起身迎接，而后并没有回到办公桌后面，而是挨着林萧坐了下来："林萧啊，刚才大概你也看到了，这样一个公司其实也没那么恐怖，对吧？呵呵！香港公司的情况和这里差不多，除了注册资金少一点之外，其他构架基本上是一样的。如果你愿意，可以经常到这边来走动走动，体验一下公司的氛围。我已经吩咐人给你腾出了一间办公室，喏，就在我对面。一会儿你去看看需要添置些什么。"张翼天没有过多地寒暄，他知道林萧愿意走进这个办公室，就代表他已经接受了自己的邀请，有些话多说无益，简单交代下就行了——姜果然是老的辣。

"谢谢叔叔，我会尽力的。以前上学都是理论派，没有实践经验，所以我想我还需要一段时间先熟悉熟悉情况，希望能帮上您的忙吧。"林萧心里早就拟好了应对的台词，可不能这么轻易就把自己给套牢，否则到时候想要反弹抄底可就难了。

张翼天站起身，把桌上的一些材料拿了过来，递给林萧："这是香港那边的部门设置、人员安排，以及通信方式。我已经跟这几个部门的经理打过招呼了，以后日报都直接发给你，你看着重要的事情再向我汇报。还有一些详细的材料，我回头转到你邮箱，太多就不打印了，环保嘛！你看了以后有什么问题，可以直接问我，或者问下面的那几个经理。”

“好，叔叔，您放心，我一定会在这宝贵的一个月里努力学习的。”林萧口中应承着，心里却只想敷衍一番了事。张翼天喜欢玩角力，林萧就跟他玩太极，以柔克刚，顺水推舟，反正就一个月而已。

张翼天听出这话里有话，郁闷地坐回老板椅，林萧伺机站起身来：“叔叔，如果没什么特别的事，那我先去看看办公室。”说着就打算往外走。

“你先等等，还真有件特别的事想和你商量下呢。”老板就是老板，明明很受伤，也不得不装大度。

林萧只好把迈出门外的大长腿又缩了回来，坐回原位。

“听说你女朋友吴晓迪在找工作?”

林萧转过头向 Jackie 发射出质疑的讯号，Jackie 吐了吐舌头，把脸转向一边。

“是，不过这个事情我自己会处理好的，您放心。”

“欸，人家大老远跑来‘陪太子读书’，代价也不小，你别不当回事！她不是学法律的吗？公司法务部刚好空出个法律顾问的位置，就是不晓得她英文怎么样，毕竟我们这边的文件大多数都是英文的，合同也是，法务部门的职员除了专业知识，还需要一些英文功底。”

这番话在林萧听来，倒像是张翼天在报刚才的“一箭之仇”。

“她英文倒是没什么大问题，在国内已经考过了专八，不过……”

“那就好，”不等林萧把话说完，张翼天抢先一步，“你回去问问她愿不愿意来试试。薪水嘛，她可以自己提。工作时间也比较自由，有时候在家处理文件也是可以的。记得那天你说她身体不好，我想，这个职位倒还蛮适合她的。”

林萧没有再针锋相对，而是疑惑地问：“您的意思是，我有跟您提过她?”

“哈哈，怎么，这都忘了？你生日那天，几杯下去就把人家给供出来了，从你们上学恋爱到吵架冷战，再到她来美国找你……林萧，看来你的酒量真该好好练练啦！不过工作的事情，倒是挺凑巧的。昨天 Jackie 打电话帮一个女孩找工作，我从旁边经过听到了，还以为是他女朋友呢，没想到是吴晓迪。你瞧，这不是缘分是什么?”

我有跟你说过这么多？Jackie 打这种电话怎么会被你听到？刚好公司法务部又空出职位？要不要那么巧……林萧虽然这么想，却没有再跟张翼天争辩，他现在只想早点离开这个房间，于是又打起了太极：“如果她能来，当然再好不过，我也不用担心她在外面会被人欺负，不过这最终还是要看她的意愿了。不论怎样，叔叔，我先替晓迪谢谢您了。”

终于被放出了办公室，林萧几近虚脱。他大喘几口气，拽着 Jackie 就往外奔。来到公司门外僻静的角落，他劈头盖脸地就问：“你最好跟我解释清楚，这到底怎么回事。他怎么会知道的？是不是你告诉他的?”

“你是说吴晓迪来美国的事，还是工作的事?”

“Both!”

“首先，吴晓迪来美国的事，的确是那天你喝多了自己说漏的，这个你可以打电话问你老妈，她总不会骗你吧。至于工作的事情嘛，我可以告诉你真相，但你千万不能出卖我，你得向我保证!”

“少来，是你先出卖我，还跟我这儿讨价还价。算了，你爱说不说，我就当失去一个朋友，没什么大不了的！”

“嘿，你知道我舍不得你！好吧，其实老板那晚听说吴晓迪来美国了之后，就打算邀请她来公司，说是这样至少可以让你安心，不至于拖着个‘包袱’。但又考虑到你说她大病初愈，怕她身体扛不住，所以就没敢跟你提。那天你让我帮她找份轻松的工作，我就跟老板说了，所以……你懂的！”Jackie凝望着林萧，真诚地说，“在我这个外人看来，林萧，老板对你真的很好，而你只需跟他和平共处一个月而已，忍一下有关系吗？”

是啊，林萧，一个月你都忍不了吗？

林萧回到公寓，一阵香味迅速蹿进鼻间。奇迹，吴晓迪居然在准备晚餐。

看到林萧入门，吴晓迪像女仆一样踮着脚扭出来：“お帰りなさいご！－主人様！”（欢迎回家，主人。）

“你没事吧?!”林萧向后一缩，满脸惊恐，“在家都干什么了？难怪最近电脑老中毒……”

“狗嘴里吐不出象牙。你，摆桌子！”吴晓迪恢复女王气势，两手叉腰发号施令。

林萧心里有事，懒得跟吴晓迪较劲，闷闷地整理起桌子来。吴晓迪把头一歪，移动到林萧面前：“你在想什么？”

“哪有……你又不是不知道，见张翼天很伤元气的。”唉，吴晓迪，一会儿你一定要挺住啊！林萧一边想着一边动手收拾桌面。

“是啊，每次见了他回来你就跟游魂一样，没智商了是不是？拜托，这个是茶几……那个，才是餐桌！还说没事……”吴晓迪无奈地摇摇头，去厨房端饭菜。

两人入座，林萧扒了几口饭，抬起头看着吴晓迪，欲言又止。“我做的菜有那么难吃吗?”吴晓迪看着举止怪异的林萧，不满地挑起话题。

要不要告诉她呢？不说的话心里憋得难受，告诉她的话事情会不会变得更离谱？算了算了，事已至此，死马当作活马医吧：“晓迪，你工作找得怎么样了？不是说要去打工吗？准备去女仆店?”

“纽约也有女仆店哦？我以为美国人不好这口的。”

“呃……好啦好啦，说正经的，Jackie 倒是帮你找到一份工作……”

“太好了。是什么工作?”吴晓迪两眼放光。

“他朋友的公司刚好空出个法律顾问的职位，问你愿不愿意试试，薪水不是问题。”

“法律顾问？哇，Jackie 真给力欸。我这个工作经验为零的人……”

林萧听到这里期待地抬起头：“是啊，我也是这么跟他讲的，所以……”

“所以，哪有资格挑三拣四，有工作，当然去，给钱就去。”最后几个字才是重点吧。

“我就知道！我就知道！吴晓迪，你上辈子是穷死的吧?!”林萧差点喷饭满案，“你也不问问是什么公司就说要去?”

吴晓迪把在自己眼前飞舞的筷子拨到一旁：“什么公司？不是说 Jackie 朋友的公司吗？他跟我无冤无仇，总不至于陷我于不仁不义吧。”

“准确地说，是他朋友继父的公司!”

“Jackie，朋友，继父……你爸?！哦不，张翼天?!”吴晓迪端着碗，叼着筷子，挺直了背，“我去!”

“你真去?”

“我是说，我去！你绕那么大弯，不嫌累啊！”

“那你去吗?”

“去！给钱干吗不去！”

“又来了！”林萧开始严重怀疑自己脑细胞的承受能力，“你就不觉得不方便?”

“每个月除了那几天，没什么不方便的。当然，如果你实在不喜欢的话……”吴晓迪故意停顿了几秒，看到林萧眼中死灰复燃的希望才说，“我也没办法，你有选择视而不见的权利！”

于是，阴差阳错地，吴晓迪被召唤进了张翼天的公司。为了避免不必要的麻烦，她给自己取了个英文名 Cindy。虽然名义上是事务烦琐的法律顾问，但因为公司老板准“儿媳”的身份，没有人敢轻易劳其大驾，部门经理分派下来的工作，也大多是不痛不痒、无足轻重的部分。尽管吴晓迪内心乐于清闲，但要强的个性也让她无法淡定地“打杂”，在学校里养成的精神洁癖，在工作中完美无缺地光芒重现。不管是什么文件，什么合同，什么材料，不管是英文还是中文，简体还是繁体，只要过了她的眼，连一个标点符号都休想错掉。如果满分是一百分，她会做出一百二十分的效果。

吴晓迪乐在其中，比起在家做饭洗衣，她更需要认同与自我认同。然而这可让部门经理坐立不安起来，当初老板特别增设这个闲职的时候就交代过，她可是重点保护对象，谁知道是个天生工作狂，从来不出错倒也罢了，效率高也就算了，分派的事情做完了还闲得发慌来讨事儿做……往远的说，她可是未来的老板娘，到底应该怎么待她，才不会让自己死得太难看呢?

与吴晓迪纽约生活的惬意不同，卓佳贤简直就是在炼狱。如果世界上每一间律师事务所都存在一个秦淮，那卓佳贤一定会立马自绝做律师的念头。虽然每天只需从午后两点工作到五点半，然而在这短短的三个半小时里，卓佳贤要么一下午都沾不到椅子，要么沾到椅子就休想再起来。她终于明白“穿短裙会不太方便”究竟是什么意思了。

“卓佳贤，这份文件打印出来，校对一遍，拿到我办公室……”

“卓佳贤，复印三份，找肖总盖章……”

“卓佳贤，去楼下接一下客人……”

“卓佳贤，四点开会，去星巴克买十杯咖啡，两杯美式，两杯摩卡，三杯拿铁，三杯卡布奇诺。我的拿铁要橙香的大杯，其他中杯就好。这是××银行的信用卡，今天相同口味的买一赠一，你算一下，快去快回……”

“卓佳贤，你是属蜗牛的？这么慢……”

“卓佳贤，我的电脑黑屏了，赶紧搞定……”

“卓佳贤，iPad 拿去充下电……”

“卓佳贤……”

“卓佳贤……”

“卓佳贤……”

秦淮，你不如直接让我去死吧！你以为我是自助餐，想点什么就来什么？卓佳贤泪奔进厕所面马桶“思过”，自己为什么要自讨苦吃，跑到这里来被这个人面兽心的家伙折磨？世界上为什么会有这样极端的生物存在？上辈子跟他结下了什么深仇大恨，这辈子这样被他逼债？想着想着，内心的怨灵呼之欲出，可瞬间又被从天而降的无数“羊角”（￥）海扁了回去。好吧，看在钱的分上，我卓佳贤就忍了。

“笃笃笃 PennyPennyPenny——”有短信传来：“卓佳贤，你在哪儿？15：48 让你打印的文件，你准备带回家煮菜吗？”文件？好像是有这回事哦！文件！

卓佳贤漂移回自己的办公位，一阵狂翻：“还好，还好，文件还在……不过……”她忧郁地看着那沓 A4 纸，来不及了，视死如归吧！

秦淮仔细地翻阅着迟来的文件，卓佳贤大义凛然地站在一尺外。几分钟后，他放下东西，冷漠地盯着她。

“秦律师，如果您没有别的事了，我就先去忙别的咯。”卓佳贤鼓起勇气颤颤地说。

冷面毫无反应。她掉头准备退下。

“谁让你出去的？”寒气逼人的声音从背后传来，“这个文件……”

卓佳贤只好站回原位，早已血压升高心律不齐，像鸵鸟一样把头扎进身体里，等着秦淮爆发。

“这个文件，是一个洗钱案的简单情况，涉案金额巨大，已经立案侦查。我粗略看了下，从形态上来说很典型。”秦淮看了眼缓过气来的卓佳贤，接着说，“这次不是要做辩护，我纯粹是帮朋友的忙，不用抛头露面，要不然我才不会接这种案子，回头被灭了都不知道怎么死的。不过，接下来恐怕要辛苦你了。这份文件的电子文档你应该还有，其他资料我一会儿转给你，这两天你仔细查阅一下，把材料以最清晰的方式整理给我。有问题吗？”

经过几日的历练，卓佳贤已经学会“保留意见”的本领，秦淮这番话说完足足三秒，她才应答：“没有问题！”

“之前让你整理的资料都很好，这次的案子情况比较复杂，整理的时候仔细一点。我希望下周一一上班就能在办公桌上看到，还有五天时间应该没问题。好，就这样吧。”秦淮转过头对着电脑，不再理她。

就这样吧？他究竟是人吗？卓佳贤退出房间，一路走一路想，秦淮果然是身经百战，段数未免也太高了吧，不管别人怎么夸他，怎么讨好他，怎么挑逗他，怎么诋毁他，就算面对“秦淮，去死吧”这样直白的诅咒，都可以保持一贯的无动于衷。难道，这也是优秀律师的成功秘诀？

秦淮吁了一口气，靠在旋转椅上晃来晃去，拿起那份满篇“秦淮，去死吧”的文件，忍不住笑出声来。这个卓佳贤，实在有趣，看起来偶尔幼稚偶尔倔强，工作起来倒却懂得隐忍；“秦淮，去死吧”，看来平时脾气不小，不过做事情的确让人刮目相看……认真，努力，自信，敏锐，坚韧，倔强，持久的战斗力，超强的忍耐力，呵呵，好好调教一下，应该会成为一名优秀的律师吧。说起来，倒是和那个吴晓迪挺像的。嗯，好久没联系，也不知道晓迪怎么样了……

已经坐回工位的卓佳贤突然打了个惊天动地的喷嚏，她不好意思地朝周围的同事摆摆手，思绪从“冷血男”回到洗钱案上。点开电子文档，到底是什么东西，刚才急着去厕所泄愤，都没仔细看。移动的鼠标突然定住，几个熟悉的字眼跳了出来——“美国”“翼天金属”“纽约”“香港”“林萧”……林萧？搞什么？幻觉吗？卓佳贤揉揉眼睛，急忙把文档往下拖，心一下子提到了嗓子眼。

吴晓迪侧身静静看着林萧熟睡的面庞，阳光照例给房间送来清晨的问候，她却再无心情去享受。林萧，这些事情你早就知道了吧？要不然怎么会执意不让我来美国？要不然怎么一直都抗拒去给张翼天帮忙？要不然我去他公司上班你怎会那么不情愿？这都是在保护我吧。谢谢你，亲爱的！可是，如果我们之间没有这些秘密，或许事情会是另外一番情形，不是吗？现在你让我怎么办才好？如果有一天，我们不得不直面彼此，我又该如何向你解释这一切？

尽管此刻和林萧的身体靠得如此近，吴晓迪还是深深感到彼此之间龟裂出的缝隙，正渐渐变成难以逾越的鸿沟。她不敢再去回想佳贤的那个电话，收起思虑，闭上眼睛感受着窗外的喧嚣，努力让身体找回些动力。

林萧不知什么时候醒了，翻过身横躺到吴晓迪怀里："在想什么呢？醒了为什么不叫我？几点了？"

"嗯？没有啦，看你这几天挺累的，就让你多睡会儿，反正你又不用早起。"吴晓迪轻抚着林萧的脸，"我去上班，你一个人在家还好吧？为什么不去办公室？"

"你忘啦，我说过多少次，面对张翼天是很伤元气的。而且，我需要处理的事务都是香港那边的，只要能上网，在哪里办公都一样。有重要的事情我自然会去找他。再说……我可不是一个人，每天你一出门，下一秒就能看见 Jackie 的脸，这家伙，就差直接住过来了。"

吴晓迪抓起枕头塞到林萧头下面，自己翻身起床，自嘲道："呵呵，看来我地位不保哦，我要赶紧找个下家去。"

林萧懒洋洋地坐起身，拉住晓迪："晓迪，我还好，你不用担心。不过，老实说，这几天你的气色越来越差，本来你身体就不好，需要那么拼吗？"

望着林萧心疼的眼神，吴晓迪报以微笑："我没事，工作上杂事比较多，又净是容不得出错的东西，有点点累而已。而且一上班，时间就变得好快好狭窄，我们都没有机会好好聊天呢。不过你也放宽心，我会慢慢调整的，毕竟不是在学校。"

吴晓迪走进洗手间，镜子里的人一副失魂落魄的样子，难怪林萧那么紧张。“吴晓迪，你可以的，这件事情你一定要处理好，加油!”她冲着镜子默念着。

特意精心打扮了一番，把一脸憔悴藏了起来。吴晓迪把自己整理好以后，开始给林萧准备早餐。说是早餐，其实已经快十点了，不过他们这个小世界的生物钟，习惯就成了自然。

林萧要求并不高，一杯特浓纯咖，两片全麦面包，一小片火腿，一小点黄油。都说黄油是世界上最美味的食物，以前觉得它热量高，吴晓迪从来都敬而远之，不过，今天就给自己一个好心情吧，她沾起一点放进嘴里，真棒!

“哎，今天早餐好像……”林萧从卧室出来，盯着餐桌看了半天。

吴晓迪不好意思地笑笑：“怎样？这份是你的，那份是隔壁拖油瓶的。好了，我得去公司咯，晚上见!”

林萧突然觉得好不适应，这个人是吴晓迪吗？从前每天起床都会无理取闹、蛮横撒娇的吴晓迪，今天怎么这么“贤妻良母”？居然还给 Jackie 留了门，是不是又病了？

果然，Jackie 扛着笔记本在门外出现，他看看门里的林萧，又看看走廊上吴晓迪的背影：“刚才是你还是她，敲我房门?”

“你太想我了，那是幻听。”

“我看不是哦，她连早餐都没吃就走了，你们又吵架了?”Jackie 熟练而自然地端起咖啡喝了两口。

“她是心疼我，谁让你每天都抢我的那份。赶紧吃吧，吃完开工，还有好多资料没整理呢。”趁 Jackie 还没反应过来，林萧抢先夺去 double 黄油的那份，嘿嘿地吃起来。

吴晓迪直到今天才发现，自己的内心比想象中还要强大，面对如此纠结的局面，她居然还能气定神闲地来上班。她不停地告诫自己，佳贤的邮件可能只是误会，一切事情总有真相大白水落石出的一天，就算案情属实，也绝不可能跟林萧有任何干系。好无力的自我安慰，吴晓迪笑着摇摇头。

正想着，电话响起，吴晓迪赶紧接起来，那头传来部门经理焦急的声音："嗨，Cindy，帮我个忙。刚才有位客户打来电话着急要一份合同的电子文档，我现在在外面办事赶不回去，没办法发给他，麻烦你帮我弄一下。合同在我电脑桌面'VIP'的文件夹里，我等一下把电脑密码、文件夹密码和对方邮箱地址用短信发给你。辛苦你了。"

整个过程，吴晓迪一个字也没说出口，对方就挂了电话，她的嘴还没来得及合拢，短信就来了。她拿着手机走进经理办公室，打开电脑，输入密码，找到文件夹，解码……有必要搞那么复杂吗？等一下，有了密码，岂不是这个电脑里的所有文件都可以看到？无数电影里的惊险场面开始在吴晓迪眼前轮番上演。一不做二不休……机不可失，时不再来……

她摸出闪存，看也不看把桌面上的文件统统复制进去，又打开 CDEF 盘挨个查看了一遍。看着闪存上的灯一闪一闪，她的心跟着一蹦一蹦的。千万要挺住啊，关键时候不能掉链子——8G 应该够用吧！怎么这么慢，什么破电脑?!

吴晓迪双唇紧闭，眉头紧锁，两眼直勾勾地盯着屏幕。突然，她惊觉地抬起头，向天花板墙角张望——吓死人了，还好没有摄像头。即便事情暴露，也不可以留下罪证，哼哼！终于搞定，她屏气凝神，故作镇定地拔下了闪存，关上了电脑，关掉了显示屏，关上了门，走回了自己的座位……手心全是汗，身体果然还是很虚。

把经理交代的事情处理完毕后，吴晓迪迅速收拾好一切。在这整个过程中，她根本来不及思考为什么要这么做，自己到底是怎样的心态，后果又会如何。她只知道，既然命运如此安排，躲也躲不掉，要想搞清楚事情真相，不如索性迎难而上吧。

与此同时，林萧正对着公司的账目陷入沉思。

虽然他很了解并理解企业利用合理方式来避税和退税的行为，但眼前这本假账显然已经远远超出了合理避税的范畴，并且完美到几乎无懈可击。而真实的账目就更离谱了，明明只承接了一两个项目，每月的流转怎么会这么大，利润怎么会这么多？支出尚算正常，但美国这边追加的资金，却远远超出了预算！正式员工不到二十人，人事费用却堪比世界五百强，这家公司福利有那么好吗？怎么看都觉得蹊跷，到底是怎么回事？

“嘿，休息一下吧。”Jackie 递过来一杯咖啡，他这个温柔的举动，让林萧突然觉得，有时候 Jackie 比吴晓迪更像个女人。

“Jackie，香港那边，除了正式员工，还有没有临时顾问或者兼职员工什么的？”林萧抿了一口咖啡，味道不错。

Jackie 绕过林萧坐到沙发上：“我不太清楚哦，香港公司的事务老板一向都是自己亲自处理的，好像不太愿意别人过问，我也不例外。怎么了？有什么问题吗？”

“没什么，只是……”林萧欲言又止，“这个账目的表格做得太烂了，看得我头疼。”

“是哦，你让他们按照你的要求再做一份吧。每个老板的要求不同，你得提前交代清楚。”Jackie 煞有介事地回答。

“没事，我想我看得差不多了。”林萧站起身，走到落地窗边，假装欣赏风景，心里却暗自盘算着什么，继而换了话题，问起 Jackie 来这家公司多久了。

Jackie 望着林萧掩映在暮色中的身影，淡淡地说：“我到纽约三年了，翼天公司是我的第二个东家。我第一份工作是卖高尔夫球杆，那天老板到店里买球杆，我跟他讲中文，结果他就把我和球杆一起买走了，更有意思的是，那时候我刚到店里一个多月，那是我卖出的第一根球杆，哈哈……”

“呵呵，是很有趣，也就是说，你跟了他三年了，难怪……”难怪这个家伙对公司那么了解，难怪自己什么事情都瞒不过张翼天，难怪他成天像个跟屁虫一样甩都甩不掉！

“难怪什么？”

“难怪他那么信任你，派你来‘照顾’我！”

秦淮在办公室里延续着一贯的冷漠，卓佳贤被特许坐在“冻豆腐”上等待指示。已经过去十几分钟了，对方一个泡都没有冒，也没有让她离开的意思，难道资料有什么问题？她忧心忡忡地看着秦淮，有点想念平日自己被呼来唤去的时刻。

终于，秦淮直了直腰。根据经验，卓佳贤知道这个时候自己可以开口说话了：“秦律师，有什么问题吗？”文件背后的人答非所问：“卓佳贤，你对这个 case 有什么看法？”

卓佳贤毫无准备，之前秦淮可从不征求她的意见：“这个 case 好像很大……”她正犹豫着接下来该要怎么表述，却得到“放心，会给你额外补贴的”的回应，真想吐血，“我的意思是说，这个案子应该不是简单的洗钱案，背后似乎还牵扯到官员收受贿赂的问题。”

熟悉的面无表情的脸从文件背后露出来：“这些我都知道，给你的资料上都有。你重新整理的材料很清晰，看来是有认真研究过，不过，”秦淮身体略微前倾，“麻烦你解释一下，这些投资项目的数据，你是从哪里得来的？我不记得自己之前看到过……”

卓佳贤脑筋急转，不可以出卖吴晓迪，索性避而不答。还好秦淮没有再追根究底，只是声音听起来更加严厉：“卓佳贤，我不管你这些资料是从哪里得来的，不过请你记住，你只是助理，我只是让你整理材料，调查取证不是你的职责，明白吗？另外，我们的工作，我不想惊动吴局。”

不想惊动吴局？吴晓迪她爸？什么意思？高官，受贿，洗钱，她爸……卓佳贤警觉起来：“我不太明白……”

“行了，别装了，我早就知道你认识吴晓迪！虽然公安机关也在查这件事情，但是对于你来讲，要学会公私分明。对我而言，我不想搅和太深。记住，下不为例。”像是施舍一样的原谅。

卓佳贤拼命点头，心有余悸，看来秦淮是误会她了，以为这些一手材料是她从吴晓迪那边拐弯抹角套过来的。这样也好，谎言很逼真，现实很惊悚。等等，这么说，他知道自己和吴晓迪……

等卓佳贤出了办公室，秦淮再一次拿起那份文件，愁眉不展。他还不太明了自己心里在害怕什么，只是隐隐觉得事情没有那么简单。文件上多出来的部分，数据已经精确到交易金额，如果不是公司内部人员，怎么可能轻易拿到？而且，就算是纪检委和监察机关在调查，应该也不会进展这么快。那天朋友拜托的时候，说得很清楚，发来的资料已经是最新最详细的了。

毕竟是律师，再怎么说脑子还是够用的。秦淮刚才特意抛出“吴局”，无非是想试探卓佳贤，而从她慌乱的反应来看，这事儿八九不离十和吴晓迪脱不了干系。那么，卓佳贤到底是怎么回事？为什么她不敢讲？秦淮似乎是坚定了自己的某种想法，把文件“啪”地摔到桌面上，拿起了电话。

卓佳贤觉得，或许自己八辈子也无法体会全职太太的幸福与快乐。从她懂事以来，回到家总能看到老妈忙碌的身影，不是在擦桌子就是在洗衣服，不是在做饭就是在拖地……真搞不明白，一个人怎么会愿意把生命消耗在一个四四方方的笼子里，还那么自得其乐？

一进门，她就看见老妈掐好秒表一般立在餐桌前摆着餐具，然后是毫无新意的每日三问：回来啦？累不累？饿了吧？卓佳贤一边换鞋一边学着老爸的口气作答：嗯，还好，是有点饿了。接下来的场景应该是老妈大声宣布开饭，老爸从沙发上抬起屁股。

果然。

看着餐桌上的清蒸鱼，卓佳贤突然意识到今天是周五。解脱的快感瞬间被激发，她又变回只在父母面前才会大大咧咧没心没肺的小女孩，双手一趴头一埋，开始风卷残云般地掠食。等她满足地放下武器，惬意地打了个饱嗝之后，才发现父母的手悬在半空中，无从下筷。

出于某种不安，吃完饭后，卓佳贤主动起身把“残骸”收拾进厨房，还破天荒地留下来帮老妈洗碗。一边洗，一边感叹：“妈，我一直想问你，家里又不是没钱，干吗不请个保姆？这些事情让保姆做就好啦，你辛苦这么多年，应该好好享受一下人生!”

老妈被她的话逗乐了，一半是因为欣慰，一半是出于意外：“傻丫头，你以为你们爷俩很好伺候是不是？外人哪有自家人细致贴心。别的不说，就你们俩那些怪癖，也就你老妈我能忍受!”

卓佳贤停下手中的活，抗议道：“哪有！我怎么会有怪癖?!”

“你房门背后贴满了‘裸男’，不是怪癖是什么?”

“啊！老妈，你居然随便进人家屋子，私闯民宅侵犯隐私……”

“隐私？要不是我给你收拾房间洗衣服，你也只能变‘裸女’!”

“那那那那，那也比你坚持十年的‘每日一菜’怪癖强！不跟你说了……”

和老妈幸福地斗完嘴，卓佳贤唉声叹气地走到老爸身边坐下，一抬腿横躺在沙发上，拿老爸的腿当枕头：“洗碗真是体力活，什么时候吃饭可以不用碗就好了。”

老爸把手搁在佳贤的额头上摸了摸，嘲弄地说：“这么点活就把你累成这样，看来在单位你也净偷懒了吧?”

卓佳贤翻身而起：“老爸，你还说呢！那个秦淮，我看他应该改名叫‘禽兽’才对，简直没一点人性。我再努力，再认真，再忍辱负重，他都能从鸡蛋里挑出骨头来，我快被他折磨疯了!”

老爸只管看着电视里的体育新闻，瞅也没瞅一眼卓佳贤：“是吗？难怪你吃那么多。”

佳贤往老爸身上一靠，做撒娇状：“爸，你说以前上学的时候总是向往外面的世界，可现在毕业了，顺利找到工作了，我怎么就那么不安心呢?”

“傻孩子，做什么事情都有个积淀的过程。学校的环境你是习惯了，所以觉得安稳，现在环境变了，你自然会觉得无法掌控。人一旦遇到自己无法控制的事情，心里多少会没什么底气。不过啊，我女儿虽然看起来柔柔弱弱的，做事情却让人放心，没一点大小姐脾气，人缘好，又那么鬼机灵，”老爸清了清嗓子，“最关键的是，懂得什么时候变通，什么时候装傻。你刚去那个事务所，那个秦律师肯定是要试试你的能力。所以相信爸的话，你一定没问题的，时间久了大家都会好好照顾你的。”老爸目不转睛地盯着电视。

好好照顾……佳贤想象着一尊冰雕口吐寒气，眼含杀气，面露凶光，咬牙切齿地说出这几个字时的情景，立马联想到刚才晚餐盘子里四分五裂的清蒸鱼，脑子里跳出八个大字：我、为、鱼、肉、人、为、刀、俎。

体育新闻播报完毕，老爸终于把注意力移到女儿身上：“佳贤，你怎么了？累了的话就早点休息吧。”

卓佳贤回过神来：“没有没有，那个，我怕我坚持不到被‘好好照顾’的时候，就已经被秦淮扫地出门了。”

“哈哈，女儿啊，你才刚上班，虽然是试用期，不过现在想这些事情是不是太早了点？凭我男人的直觉，你好像对那个秦律师挺上心的。哎，跟爸讲讲，人怎么样？想想怎么都比那个‘虎体熊腰’的家伙强吧。不管怎样，老爸都支持你哦！”

佳贤被老爸“卖萌”的那个“哦”吓得不轻，还有，他怎么可以把大熊跟秦淮放到一起做比较，他们完全是两种不同的生物嘛！一想到这里，她就愤愤不平地说：“爸，我这里的房间，”她指了指自己胸口，“还没清理干净，暂时还腾不出多余的位置来。您有权利不接受女儿的选择，但是您没有权利逼着我接受您的‘不接受’。”

权威受到挑战，后果很严重。老爸站起身来，看也不看佳贤一眼，只狠狠地叹了口气："我看你是鬼迷心窍了，你忘了那个浑蛋当初怎么对你的了？年纪轻轻就那么花心，被人甩了又寻死觅活地来找你。你说就凭你的条件，找个比他强一千倍一万倍的简直是信手拈来！我警告你，他不是什么好东西，你最好给我离他远一点，要是再让我知道你和他有什么牵连，你就给我滚出这个家门，我就当没生过你这个女儿！"

卓佳贤从沙发里站起来，和老爸四目相对，仿佛有无数道闪电在两人视线中交织对抗，火花四溅，战争一触即发。千钧一发之时，只见老妈直挺挺地走到两人中间，"啪"地把水果盘放到茶几上，大吼一声："吃水果！"

这才是气场。父女俩齐齐缴械。

老爸乖乖坐下，一边吃水果一边继续看新闻，装作什么都没发生过。佳贤扭头往卧室走去，走出两步又转身回来，一把端起茶几上的整盘水果，避回闺房。

说起大熊的滥恶行径，佳贤不是不怨恨，也早已与他划清界限不再往来。然而有时候面对别人的指责，内心总会升起一股小小的倔强，尤其是佳贤这样素来默默骄傲的女孩，最是嘴硬。

佳贤一边吃着冰镇水果，一边任由脑子里各种闪念，最后还是把所有罪名都强加在了秦淮身上。都是他莫名其妙的责难，才让父女间好不容易缓和的关系又跌至冰点。秦淮究竟是要怎样？觉得本小姐好欺负吗？好好照顾？如果真有那么一天，不是他成疯就是我成魔！卓佳贤兀自冷笑两声，转而想起吴晓迪"近水楼台先得月"的"嘱咐"，那怎么可能？"冰雕"怎么会知道爱的热度？机器人怎么会懂人类的感情呢？搞笑！

拥有

第四章

就这样相拥在落霞余晖中，像是给彼此写了一封久违的情书，约定拿此时的沉默换永恒的誓言。

从卧室到地铁再到公司，吴晓迪坚强的神经一直被无情地挑战着，像是非要分出个胜负。无心工作，唯一值得欣慰的是，从“偷出”文件到此时此刻，最危险的二十四小时已经过去，而部门经理似乎也没有在意，除了感谢别无他言。

正在发呆，林萧的身影陡然跃进视线，朝吴晓迪的方向瞟了一眼，直接省略了招呼环节迅速掠过。林萧说过，除非有很重要的事情，否则不会到公司来。出了什么事？昨晚跟 Jackie 三人约会的时候不是还好好的吗？刚才的眼神好陌生。吴晓迪不敢太张扬，只是伸长了脖子目送林萧走进张翼天的办公室。一道门，把两个人彻底隔绝了。

走进办公室，还没等张翼天开口，林萧直截了当地问：“老板，您找我?”张翼天没料到林萧居然叫自己“老板”，愣了一下，这小子今天怎么变了个人似的?“呵呵，林萧啊，你还是叫我叔叔吧，叫我‘老板’还有点不习惯呢。”

林萧毫不退让：“老板，在公司还是称呼您老板比较好吧。您专程叫我过来，有什么特别要交代的吗?”他真的觉得这里是一个被诅咒过的地方。

张翼天一边说着“好好好，这么快就进入状态了”，一边示意一旁的Jackie暂时出去。现在屋里只剩下这对面和心不和的父子。林萧后背冷汗直冒，张翼天也忐忑不安。世界就是这么奇妙，我们经常忽略掉，其实敌人也像你恐惧他一样恐惧着你，说到底，我们并不是在跟敌人对抗，而是在与自己较量。

“林萧，这几天看了香港公司传过来的资料，你就没有什么想要问我的吗?”张翼天的问话打破了僵局。林萧很奇怪，明明是张翼天把自己叫过来的，现在又问这样的问题，他葫芦里到底是在卖什么药?于是林萧简单地回应了几句，不过是诸如“分工不合理，制度不完善”之类的应用文常用语。

张翼天叹了口气，在房间里踱起步来：“香港公司毕竟只成立了一年时间，的确存在很多问题，现在公司交给你了，你就大胆地去解决吧。昨天财务部门把账目传过来了，你应该也有收到吧?觉得怎么样?”他停下脚步，转过身看着林萧。

原来在这儿等着我呢！看来我想得没错，公司内部一定哪个环节出了问题，现在连他都觉得不能不管了。林萧稍微放松了些，一口气把昨天发现的问题掀了个底朝天。

张翼天露出复杂的神情，看得到的是欣赏与称赞，看不到的是恐惧和忧虑：“竟然都被你看出来了，林萧，真不赖。既然这样，有些事情我想还是早点告诉你比较好。”

林萧不语，他早料到一切没那么简单，当这一刻真正到来的时候，反倒出奇的平静。

“可能你还不清楚，我在美国的这个公司，其实还有个股东。虽然名义上我的股份占51%，他占49%，但实际上谁也占不了便宜吃不了亏。前几年我们一直合作得很好，公司慢慢有了起色，资本也越来越雄厚。本来我想安心经营下去，然后……找个优秀的接班人——比如说你……”张翼天看了一眼林萧，“可是，从去年上半年开始，我发现公司的运作出现了异样，大量不明资金从我们这里走账。这个意味着什么，我想你应该比我更明白。后来，我让Jackie帮我调查，才知道是那个股东在背着我帮国内的官员洗钱。我跟他十几年的交情，一同奋斗，同甘共苦，发生了这样的事，我只能警告他，希望他能就此打住。”

张翼天，你给我编，继续编，当我刚幼稚园毕业吗？这跟香港公司有半毛钱的关系啊！林萧觉得自己的笑容一定满怀恶意。

“你可能觉得很奇怪，这些跟香港公司没有什么关联，但事实是……希望你能理解……害人之心不可有，防人之心不可无，洗钱这种事情就像毒品，一旦沾上想戒掉那是很难的。我不得不为自己考虑，万一哪天被查到，多少还得给你们母子留点，所以在去年专门用你的名义注册了香港的公司，然后把这边的资产，慢慢往香港那边转移。不过你也看到了，虽然流水很多，最终打到你户头的部分还是很谨慎的。那些钱，都是我这几年拼命赚来的，可不能被他糟蹋了！林萧，我……”张翼天一口气把话说完，紧张地搓搓手，等待着林萧的回应。

林萧心中各种纠结，他凝视着张翼天的眼睛，企图找出一丝谎言的迹象，然而看到的却是语重心长，往日的威严与冷漠荡然无存。怎么会这样?这一切是真的吗？他不知道该说些什么，却又觉得若是什么都不说，这场较量自己就败了：“现在对我说这些，是想让我原谅你一直以来的欺骗吗?”

张翼天看出林萧在硬撑，走上前去，轻轻抓住他的胳膊：“孩子，我并不是在祈求你的原谅，我也从未想过欺骗你，我只是在寻找合适的机会。”他感受到林萧的颤抖，下意识地用了点力，像是要帮他镇静下来，“我明白你的感受，你还需要一些时间去消化……不管最后你做何决定，我只求你答应我一件事。”

“什么?”林萧冷冷地问，但这却意味着放弃抵抗。张翼天松开手，更加真诚地说：“这些事情，你妈现在还不知道，我希望她永远都不知道，可以吗?”林萧一边说着“懂了”，一边转身出门。

他无法看到背后长舒了口气的张翼天。

见林萧一脸严肃地夺门而出，守在门口的 Jackie 识相地快走两步，冲到前面去开车。坐上车后，林萧一路缄默，那种变态的冷，Jackie 还是第一次在他身上看到。“他说的都是真的吗?”林萧突然开口，气氛从冷漠转为紧张。Jackie 用一贯的调侃语气说着谨慎的话：“那么，你是不是应该先告诉我他都说了些什么?”林萧瞟了他一眼：“你还能不知道他说了什么?”指向太过明确了吧。

Jackie 一个急刹停下车，后面的车差点追尾。不顾后车的司机冲上来一边敲着车窗一边哇哇乱叫，Jackie 转过头盯着林萧的侧脸，换了认真的语气：“林萧，你是在怀疑我？如果你已经对我失去信任，我想我无话可说。”

林萧，你这是干吗？干吗拿 Jackie 撒气！在无数鸣笛声与叫喊声中，林萧拍了拍 Jackie 的肩："我不是那个意思。先开车，边走边说。"

"Jackie，我刚才其实是想问你，听说公司另一个股东之前闹出点事，你应该比较清楚吧?"林萧稳定了一下情绪，不想节外生枝。

"你是说洗钱?"Jackie 也恢复了平静，"去年上半年的事情，当时老板让我私下去查过。你想知道什么?"

"Jackie，我只想知道，那都是真的吗?"林萧的语气平淡而坚定，却藏着锋利的刀刃，容不得他人说出半点假话。

"我想，至少我知道的那部分是真的。剩下的，林萧，得靠你自己去判断了。"狡兔三窟的伎俩。

汽车在华尔街上奔驰。一栋红白相间的建筑前镌刻着"STERN"字样的黑色大理石朝林萧炫耀着，那是他梦寐以求的象牙塔，兼避难所。无数次地路过，却未曾停留片刻的地方，再一次被汽车甩到身后。林萧突然有种不祥的预感，自己和它终究会就这样擦肩而过。

看到林萧非正常地从办公室出来，吴晓迪坐立难安，找了个借口请了假，急忙往家赶。来到公寓楼下，正巧看到 Jackie 将林萧放下后开车离开。她直冲上去立定在林萧面前，喘不上气："林萧……出什么事了？……"

林萧眼中闪过一丝怜爱，稍纵即逝。他无动于衷地说着"没事"，伸手把吴晓迪从车道上拉到安全地带，漠然地转身走进公寓。吴晓迪又一次被独自丢下，而且是当面的。女人从来就是小气的生物，只一点点受不住的委屈，眼泪便夺眶而出。她赶紧仰起头，逼迫它们回去，却只在脸颊上留下两行深深的悲伤。

阳光灼烧着她的脸，泪水却好久好久都晒不干。来来往往的陌生人，对这样的场景似乎早已免疫，只管经过且离去。吴晓迪就这样拖着长长的影和伤，被迅速淹没在人群里。林萧，我们什么时候变成了只是嘴上说着“没事”的那种关系……

街景渐渐换上暗金的底色，闪出几抹荧光。Jackie 从背后拉住吴晓迪的衣角，轻声说：“走吧，回家。”却拉不动，Jackie 只好转到她的正面，两手抓住她的肩膀，“清醒点，吴晓迪，跟我回家好吗？林萧已经找了你一下午了！”

“有本事从六楼跳下去，打个飞的去美国啊……”当初吴愈的责骂声简直无孔不入。吴晓迪惊醒，似乎有点明白父亲的感受了，她诧异地看着眼前的男子：“他呢？”

“我不知道。他下楼没看见你，打电话也没人接，就叫上我出来分头找了……我这就打电话告诉他，在家碰头。”Jackie 一边掏出手机打电话，一边把吴晓迪往车上拽。

回程的路异常漫长，不是抽象的形容，是真的很长。吴晓迪简直不敢想象，自己竟然无意识地走出了这么远的距离，其间还华丽丽地经过了两个街心花园，以及一座桥。这么一想，倒还真有点后怕，要是再晚些，还真指不定会出什么状况呢。

Jackie 见吴晓迪面色好了些，便开口对她说：“别怪林萧，他只是想一个人静一静。其实现在，他应该比你更难过吧。”吴晓迪挤出一丝苦笑，一下午的漫游让她平静了不少。是的，她深切地感受到了林萧的难过，想要安慰他，却选择了错误的时间和错误的方式。

Jackie 把走丢的小女孩平安送回家，直到看见他们两人紧紧相拥的场面，才笑着离开。房间里没有责问，没有哭泣，没有解释，没有叹息，只有轻轻的“对不起”和轻轻的“我爱你”。他们就这样相拥在落霞余晖中，像是给彼此写了一封久违的情书，约定拿此时的沉默换永恒的誓言。

林萧有节奏地轻抚着吴晓迪的头，像是在安慰一只受伤的猫。不多久，节奏渐渐慢下来，终还是停下。吴晓迪用头在林萧胸口磨蹭，想要再讨来几下抚摸，却听见林萧慢悠悠地说：“对了，晓迪，我妈下午打来电话，说明天周六，让我们回家吃饭。”吴晓迪不敢相信地抬起头，林萧则肯定地点点头，“是的，我们!”

周六不用上班，终于可以安安心心地睡个好觉，美女也不用再担心遇见“禽兽”。殊不知，越是讨厌什么就越是来什么。可怜的佳贤终究无法达成“一觉睡到自然醒”的心愿，被一阵高亢的铃声催醒，那是专门为某人的连环夺命 call 特设的《忐忑》。通常卓佳贤会视情况选择洗耳恭听还是充耳不闻，此刻，当然是去你的“啊咿呀哟”。她已经想好，若是对方玩执着，她就立马关机。还好，龚老师的声音没有再响起，而 Sheldon Cooper 的敲门声却接踵而来。

短信传来：“晚上若是方便，请赏脸共进晚餐。18：00，丽都假日，净心莲，不见不散。秦淮。”什么跟什么嘛！哪有这样约人的，也不先问问人家有没有安排！我若是不赏脸，你就跟鬼不见不散吧！请我吃饭？真是黄鼠狼给鸡拜年！卓佳贤想着，竟忽略了心底萌发的某种触动，只觉着这个周末真是比上班还难熬，不仅要在与老爸的战斗中维持地位，还不得不应付“冰雕”的“鸿门宴”，简直是惨不忍睹。

午饭时间，卓佳贤跟老妈交代了一番，晚餐佳人有约，可能会晚点归家。没说几句便又被老爸揶揄，好在老妈端坐一旁对老爸的一言一行进行着严密的监控，卓佳贤才得以成功上垒。整个过程因为再没有出现“大熊”两个字而导致双方攻势大减，而“秦淮”的名字继被双方提及、引证、宣判无数次后，带着父亲的欣赏、母亲的期待和卓佳贤的抓狂被彻底写进了卓家的家族战争史。

仿佛是一段高潮的前戏，在经历了与父母的唇枪舌剑之后，卓佳贤的斗志反被激起，她强忍不忿，决定晚上向秦淮发起正面进攻，今天一定要搞清楚，这个人到底为什么非要搅进自己已经混乱不堪的生活。

一袭湖蓝色飘逸长裙，卓佳贤如约而至。秦淮预订的位置并不难找，在进门靠窗的角落，卓佳贤远远就看见了正在研究菜谱的秦淮。令人惊奇的是，他一改往日严谨的装扮，一身T恤仔裤简单清爽，头发微微凌乱，是特意抓出的空气感。

卓佳贤走近了些，秦淮才发现她的到来，立即起身为她引座，然后抬手看了看表，嘴角上扬。不得不说，这位小家碧玉脾气有时候真会气死个人，但同时她也拥有一些值得称赞的品质，比如说不迟到——要知道进入二十一世纪之后，世界上不迟到的女生简直是稀有动物。

或许是出于对秦淮变装的好奇，卓佳贤暂时忘记了自己出现在这里的初衷，对对面的男生从上到下从下到上审视良久。冰雕宅男变身阳光型男，同一个人，怎么可以这样分裂？如果不是每天在事务所被他折磨得够呛，说不定自己真会给他留那么一点点一点点的希望呢。

窗外霓虹透射进来，在白瓷餐具上映出琉璃般的色彩。卓佳贤全身心投入看帅哥的事业中，无暇顾及秦淮到底点了些什么。直到菜品一一上桌，一句熟悉的话打断了她的思绪：“你看够了没？”咳咳，江山易改本性难移。

看到她的反应，秦淮忍不住笑出声：“哈哈，没事，你随便看，不是在公司，我勉为其难不收钱。”本是一句玩笑话，却把对面女生刚刚沉睡的斗志再次激起来了。卓佳贤邪恶地还击：“那怎么好意思，要您出一次台可不容易，您开个价吧，值多少？”出人意料地，男方这次却选择将“赤裸裸的挑衅”抛到一旁，往卓佳贤的餐盘里夹了一些菜，微笑着说：“先吃饭，吃了饭才有力气跟我吵……知道我为什么要选这家店吗？多吃点素，净净心败败火。”

如果没有记错的话，在事务所，她从未见秦淮如此自然地笑过。在此刻温婉的灯光下，看到这样一张美好的面容，卓佳贤的怨气顿时消了大半。这些日子发生了这么多事，自己是该净净心败败火了。卓佳贤低下头吃了一口，好棒！抬起头，和秦淮对视一眼，忍不住笑场。

“哎哟喂，秦律师，怎么会想起请我吃饭了？”随意一问，换上了温柔的语气。

秦淮放下筷子：“佳贤，因为有些话我想赶快告诉你，迫不及待。”

他刚才叫的是“佳贤”，而不是“卓佳贤”，某人听了心跳加速。“哦，有什么话不可以在事务所说？难不成是想说要‘好好照顾’我？”卓佳贤捋了捋秀发，优越感油然而生。

“唉，你真是人精……”秦淮收起笑容，“接下来的话，我希望你能先做好心理准备，这的确是没有办法在事务所告诉你，而且，当我们再次走进办公室，恐怕也不可以再讲了。”

卓佳贤紧张地转着手里的杯子，深吸一口气，只听秦淮接着说：“我有个美国同学刚好在纽约做律师，我们曾在业务上有过合作。前几天，我拜托他帮忙收集美国翼天公司的情况，而从他提供给我的信息来看，我之前的怀疑没有错，我大概知道你那些精确数据来自何处。”

杯子停止转动，被一双手拼命握住，随时都有可能惨遭不测。

“翼天公司的老板张翼天的继子，或许还是未来的继承人林萧，其实就是吴晓迪刚刚分手不久的男友，没错吧？而晓迪是你的闺密，也没错吧？林萧因为学业离开晓迪去了美国，晓迪为此大病一场，然后找了个机会追到了美国。林萧在到达美国后，被要求参与公司业务，主要是负责经营香港分公司，而晓迪也被安排进公司实习，职位是法律顾问。当然，我说的这些你应该比我更清楚，因为，你和晓迪一直都有联系，所以才会有机会拿到那些数据……不过，还有些事，恐怕你未必知道。”秦淮盯着对面的女孩，权衡着自己该不该再往下说。

“是什么？”卓佳贤早已一脸惨白。

秦淮把脸转向窗外：“晓迪给你的材料，我不知道她是如何跟你解释的，那些东西无论在哪个公司都是绝密文件，而她居然可以这么轻易地拿到再转给你，并且至今没有人发现……你，觉得可能吗？”他直了直腰，把身子向前倾了倾，“听着，佳贤，张翼天不是省油的灯，晓迪现在的处境很危险！”

已知的事实，通过他人的解读，常常会变成明晰的危机四伏。对于此刻的卓佳贤来说，她的确无从辩驳，甚至从心底里开始怀疑，到底听谁的才可以保留生命的真实版本。她没有刻意回避：“为什么要告诉我这些？你想要怎样？”

“现在你不应该想着怎么为朋友两肋插刀地欺骗我，而是该想想怎么把朋友从火坑里救出来！既然话都说开了，我们不妨更坦率一些。其实，我只是需要弄清几个疑惑而已……第一，你跟晓迪还有联系，对吗？第二，那些资料，她是怎么搞到手的？第三，她明知道这案子会让林萧和自己付出惨痛的代价，为什么还要找来资料给你？佳贤，告诉我真相！”秦淮无比严肃地说。

卓佳贤突然笑起来，像变了一个人，无法判定这笑是源于怎样的心态：“秦律师，其实这些事在办公室里说也没什么啦，事情跟你想的都一样，我也没什么别的可以告诉你的。”她喝了一口水，“至于晓迪的想法，我想你可能永远都无法体会。对于林萧的远走，她曾经生不如死，这些日子好不容易才修复过来，本来以为两个人可以守住些小幸福，没想到又出了这么个乱子。其实，当初我在整理这起案子的时候发现香港翼天的法人竟然是林萧，第一件事想的就是晓迪的安危，所以也没多想就告诉她了。但是我没有问她要过什么材料，那些东西都是她自己突然间发到我邮箱的。我后来的确也有问过，可她只是说碰巧拿到，让我别太担心，现在一切都很正常。”

“真的是这样吗？”秦淮似乎对这样的解释并不满意。

“我有什么理由再骗你第二次，既然你都知道那么多了？”佳贤脸上竟带了几分秦淮般的嘲弄。

“直觉……她既然知道一切，以及自己的处境，为什么不回来？”

“秦淮，你喜欢晓迪吧，所以你不希望她有任何危险，对吗？”

“或许吧。虽然她不这么想。”

“既然这样，那你应该能懂的，晓迪同样不希望林萧有事，不是因为喜欢，是因为爱。”

卓佳贤站起身，不小心撞到餐桌，餐具被震得飞起来，无数目光从四面八方聚焦到她身上，她依然镇定自若，轻笑着说：“秦淮，你爱信不信，有些事情，不在爱中的人，是永远都无法理解的！”

卓佳贤的背影从眼前消失，没多久又出现在窗外灯火阑珊处。秦淮看到她曾转身望向自己，继而头也不回地离去了。

吴晓迪，我秦淮，想要去保护你。

该如何坚持下去？无论怎样逃避，也躲不开越来越纷乱的现实吧。那么，该用什么样的心情来正视自己呢？

被人故意掀开了被子，吴晓迪哭丧着脸抱着枕头抓着床单，负隅顽抗。在听说被秦淮揭开了“真相”之后，她意识到事态已经渐渐超出了自己所能控制的范畴。只是秦淮就把她搞得失魂落魄，接下来将要面对的可是“骇人听闻”的张翼天，那她岂不是要撕心裂肺？

林萧以为她在为一会儿的拜访烦恼，俯下身亲昵地捏了捏她的小脸：“乖，快起来咯，女主角，可不要耍大牌哦。我妈又不是老虎，不会吃了你的。至于张翼天，今天他是配角，不用管他啦。”

“我只是……有点头疼，好像有点小感冒。”口中在辩解，身体还是无奈地爬了起来。

因为内心的不情愿，吴晓迪故意拖拖拉拉折腾了好半天。林萧吃完早餐，浏览完早间新闻，又趴在阳台上晒了会儿太阳。当他百无聊赖地回到客厅，简直无法接受眼前的画面。吴晓迪穿着皱皱巴巴的睡衣刚从卫生间游荡出来，呆若木鸡地站在客厅的角落一动不动，口中还念念有词。

“晓迪，你是不是发烧了？”林萧关切地问。

“才没有，我在想我要干吗来着？……”

什么时候感冒变异到会出现健忘的症状了？看了一眼时间，林萧二话不说拉着她走到更衣室门口，一把将她推进去：“我告诉你要干吗……换衣服，限时五分钟！”

五分钟后，林萧不耐烦地敲了敲更衣室的门，吴晓迪慢吞吞地从里面走出来。乳白色短袖束腰蕾丝上衣，胸部的荷叶纹路恰到好处地弥补了某处的不足；蓝白波点雪纺短裙，淑女系米色细跟凉鞋，长腿细腰一览无遗；披肩长发被一丝不苟地扎起，露出螓首蛾眉……这是刚才那只孤魂野鬼？

“这样行吗？他们应该能接受吧？要不要换保守点？”吴晓迪有气无力地走出来，时不时低头窥视自己的胸口，事业线……挤挤还是有的。

林萧托着下巴，歪着头说：“你是不是觉得我妈是老古董？其实她很开明的。”然后推着吴晓迪往外走，“我说大小姐，算我求你了好不好，走吧……”

或许是因为有吴晓迪在，平时滔滔不绝的 Jackie 只是在为晓迪开车门的时候打趣地说了一句“今天穿得终于不再比路人还路人了”，然后便闭上嘴乖乖地开车，连林萧难得的搭讪都没有理会。他把两人载到别墅后并没有下车，掉头很快离去了。自从上次跟林萧发生口角后，Jackie 不再像以往那样时刻献殷勤，这让林萧有点过意不去，还会偶尔怀念起他的死缠烂打。

就像想象过无数遍的场景，一切都程式化地往下进行着。进到屋里，肖柔和张翼天从沙发上起身表示迎接，然后“赐座”“赐茶”“赐水果”……吴晓迪沉稳地坐下接受长辈们，主要是林萧母亲的“检阅”，显得得体大方。

她不得不承认，对面的旗袍美女给了林萧相当优异的遗传基因，从风范到气度，从言谈到举止，林萧简直就是她的男版。掐指一算，应该是年过五旬的女人，却风韵犹在，岁月无痕。想到这里，吴晓迪看了眼长得“得过且过”的张翼天，真的好不搭，不由得在心里扼腕叹息。

说到张翼天，这个无数人在无数情境之下跟吴晓迪提及的人，这次来见他，吴晓迪原本以为自己多少会有所畏惧，没想到见到活人心中只是莫名厌恶。

看到吴晓迪还算应对自如，林萧悬着的一颗心稳稳落下，开始自顾自地跟张翼天闲话起来。无非还是公司的事务，因为前一天的办公室逆战，新近的项目还没及时跟张翼天汇报，趁着离吃饭还有段时间，便一一做了些交代，省得回头再到公司受罪。坐在不远处的吴晓迪，目不斜视地微笑着应付肖柔，耳朵却已经伸长到林萧跟前，把两人嘴里冒出来的每一个字统统收罗回去。

因为之前听说了卓佳贤跟秦淮共进晚餐的惨痛经历，这顿饭吴晓迪早已做好了食不下咽的准备。落座，面前是法式象牙白雕花长餐桌，也就是林萧口中冷冰冰的“长板子”。虽然刚才在车上林萧对她进行了相关礼仪的紧急培训，吴晓迪还是被那一系列惊人程序弄得头昏脑涨，发誓以后再也不吃什么法国大餐了。

先是上了开胃酒，几小片咸饼干，据说这样可以“胃口大开”；接下来是冷拼、热菜饼和海鲜的配菜，分量足以填满吴晓迪的胃；然后是主食、法式面包和一些热菜，之后是奶酪、生菜……吴晓迪觉得自己就是只受冻挨饿已久的山猪，一刻不停地消灭着眼前的食物。没办法，如果不吃，就得说话，不想说话，那就不能放下刀叉。

席间，张翼天和肖柔不时抛出诸如“晓迪，你觉得托福和雅思哪个更难”之类的无聊话题，吴晓迪嘴里嚼着牛排回答“我考的是专八”，咽下去才发现自己又犯傻了。林萧再次无比想念 Jackie，没有他插科打诨的聚餐，简直痛不欲生。

甜点和咖啡，标志着隆重的法国大餐即将告一段落，吴晓迪终于看见了一丝曙光。张翼天让人给大家倒上消化酒，然后诡异地冲着林萧和吴晓迪憨笑：“我说林萧啊，今天正好晓迪也在，我有几句心里话想跟你说一下。一个男人，除了事业，还有一样东西同样可贵，知道是什么吗？家庭！古人说得好，‘成家立业’，成了家才能立伟业，所以林萧，既然你和晓迪都走到了这个份儿上，人家一个小女生，不远万里跑来陪你，再怎么说，我还是希望你们可以名正言顺地在一起，然后成就一番大事业。你懂我的意思吗？”

两个年轻人面面相觑，无所适从。林萧看看优雅点头的肖柔，又看看一脸茫然的吴晓迪，真心觉得自己彻底被套牢了。他向来认为，人生一半的错误是因为说“yes”说得太快，另一半是因为说“no”说得太慢。但是现在，不管是说 yes 还是 no，似乎都无法阻止自己的人生狂奔向未知的惨淡。要想逃出两难的处境，只能低调再低调地把炸弹扔出去：“这个，看晓迪的意思吧，我倒是不介意。哈哈！”

什么？吴晓迪不敢相信自己的耳朵。林萧，你这不是添乱吗?！好吧，可是你逼我的！

“早结早离，晚结不离……”

“吴晓迪，你胡说什么呢？狗嘴里吐不出象牙……”

“我如果是狗，那你是什么？”

“……”

张翼天尴尬地站起来挥挥手：“停！扯哪儿去了，我也就是说说而已，订婚的事情回头你们私底下商量吧。”

肖柔被这几个人的舞台剧逗得前仰后合，冲着吴晓迪笑笑：“晓迪，我看啊，能治得了我们家林萧的，也就是你啦！”场面好不欢乐。然而吴晓迪的心里却笑不出来，装了一天的淑女，就这样形象尽毁，原形毕露了。

好不容易把暗无天日的周六熬过去，没想到接下来的日子毫无起色。

当信用卡账单从信封里轻飘飘地飞到眼前时，卓佳贤就像接到了来自地狱的索命函，并被无情地宣布，她不得不在第二天继续去事务所“避暑”了。事到如今，她一点也不怀疑自己是注定会撞上冰山的铁达尼号。

比佳贤的处境糟糕的是，吴晓迪还没起床就和林萧以“订婚”为主题进行了一场鏖战，从卧室到客厅，从厨房到更衣室，你扔我枕头，我还你靠垫，你丢我卷纸，我还你臭袜子……直到午时，隔壁拖油瓶不知是无心还是有意地来敲门，两人才宣布休战。

Jackie 站在门口不敢往里进，准确地说，是无从下脚：卷筒纸拖着长长的尾巴一路从卫生间蜿蜒到餐桌底下；报纸杂志的尸体散落四处，普京和奥巴马都未能逃过粉身碎骨的命运；墙上的梵高自画像，应该是被不明飞行物击中过，正龇牙咧嘴地鄙视着肇事者……此情此景，Jackie 只能“舍人为己”：“对不起，我来得不是时候，你们继续……”

林萧一把抓住 Jackie，就像抓住了救命稻草：“你来得正好，好久没一起吃饭了，哥今天请你吃午餐!”

“就我们俩？那晓迪怎么办？”Jackie 明知故问。

“要你管!”另外两人同仇敌忾地吼完，又扭脸互不相容。

Jackie 无辜地冲晓迪耸耸肩，随即被林萧拽走，身后是两束哀怨的眼神，以及漫天飞舞的高级鹅毛。刚走出公寓大楼，就听见林萧唉声叹气地说：“Jackie，一会儿吃了饭我先去你家避避风头行吗？”

“有什么不行？你还从来没去过呢。你去了之后，一定会爱上它的，我想。”Jackie 笑笑。

“真有那么好的话，你为什么一直都不邀请我？这么近……”

“因为……呵呵，一会儿你就知道了。”Jackie一脸坏笑。

像是忽然受到某种威胁，林萧停了下来，认真地对Jackie说：“无论如何，真的很谢谢你，Jackie，谢谢你一直以来对‘要请你吃饭却忘记带钱，还打算吃完饭后去你家午休的我’的宽容……”

“那个，你能再说一遍吗？太长了。”

林萧学着Jackie刚刚的语气：“呵呵，一会儿你就知道了……”

林萧站在Jackie家的客厅里，心火上冲，正在纠结要不要退出去时，Jackie发话了：“不好意思，这里平时不会有人来，所以我就随便了一点……”

这叫随便了一点吗？到处都矗立着等身比例的人形纸模，这是什么变态嗜好！“你晚上都不怕的吗？”林萧只好紧急过渡。

“还好吧，习惯了。”Jackie给林萧倒来一杯水，然后把沙发上的衣物扔到地上，给林萧腾出位置，“其实，我来纽约，梦想是做个模特。”

林萧默默地点头：“梦想！我们都为了梦想来到这里，最后却空留梦想的遗体，多可怕啊！”

“比起弄丢的，现在拥有的或许更重要。你和我不一样，你身边至少有朋友，有家人，还有喜欢的人。你应该学会知足。”Jackie好不容易在林萧旁边又辟出一块空地，坐下来。

“Jackie，‘你还有我’，记得这句话吗？你曾经对我说的。我现在还给你，需要的时候，就把它拿出来，我随时等待你的召唤，朋友！”林萧撞了撞Jackie的肩，接着又说，“可是，人真的可以懂得并做到知足吗？生活总会想方设法地撩拨起人的欲望，说不定麻烦什么时候就会从天而降。像我和吴晓迪，本来生活得好好的，现在却被订婚的事情搞得水火不容。”

Jackie 展露出八卦的本性，好奇地问：“怎么回事？你们是想订还是不想订？是你想她不想，还是她想你不想？”

“我就是不知道她到底是想还是不想嘛！每次都这样，女人真麻烦！我说订，她就说出一大堆理由，这也不对，那也不对，什么都不对；那我只能说不订也行，她又觉得我没有主见，缺少诚意，瞻前顾后，没有魄力……这么没准星，你说当初丘比特怎么就射中我跟她了呢?!”光是说着这些事，林萧都觉得像过了下电。

“你应该庆幸，幸好是丘比特而不是皮卡丘。”Jackie 的笑话真够冷的。

“悲摧的人生不用解释，我认了，我也忍了。我只想知道，到底怎样才可以让她称心如意。”

“那你先得搞清楚她的‘心’到底想要什么……”

又绕回来了。林萧无语。

吴晓迪被一个人留在屋里，也算乐得片刻清闲。曲终人散后，肚子立马有了反应。随意煮了几根面条，用意大利甜面酱搅和了几下，就着豆腐乳，一边看电视一边吃得津津有味。

肚子爽了，心情也就好了。回想起上午的鏖战，吴晓迪心中升起一阵巨大的茫然。世上没有哪个女孩会敌视“订婚”这件浪漫小事，与年龄无关，只要是跟自己心爱的人。自己也不例外。虽然不得不承认内心的欢悦，但理智上还是选择了躲避，好像是要死命撇清关系。这是在怕什么？怕林萧受到伤害还是怕自己受到伤害？或者是怕未知的未来？再激烈的说辞也不一定能深入人心，再委婉的拒绝也未必可以减轻伤痛。可是真相究竟是什么？会不会是拿不出手的廉价礼物，摆在面前谁都不稀罕？

吴晓迪蜷在沙发上反省着，突然有种想哭的冲动——这该死的屋子，要收拾到猴年马月啊！“林萧，你快回来——”心底的呐喊挣脱生理的束缚脱口而出，穿墙而过。

一墙之隔，林萧正和Jackie钻研着Tony Ward为什么只有一米七八还可以当超模，便被这一声绝望的呼喊勾去了魂。Jackie张开嘴想要说什么，林萧已经消失在门外了。

“怎么了怎么了？”有人失魂落魄地冲进屋。

吴晓迪抹了一把鼻涕，苦兮兮地说：“有人打劫！”

“打劫？不会吧，我就在隔壁，没听到什么动静啊。”又想要什么把戏？林萧心想。

“你看这屋子，不是有人打劫怎么会变成这样?！还抢走了最值钱的东西……”吴晓迪噘起小嘴。

林萧下意识地又摸了摸裤兜：“咦？我应该没带钱包出去啊。”

“讨厌！你的钱包比人家的心还重要吗？”

“可是……你刚才说的明明是‘值钱’欸！”说完，林萧还是忍不住笑了，原来吴晓迪衡量这个世界的标准不止一个哦！

第五章

心力

可惜时间只有流逝的责任，没有回归的义务，它用人们的成长与老去，换来自身永恒的活力。

已是临近下班的时间，从下午两点直到现在，卓佳贤一直如坐针毡。好不容易说服自己来上班，心想着就算被骂得狗血淋头也 ok，只求能让自己心理平衡。未曾想到秦淮竟然一下午都没搭理过她，一个人在办公室“孤军奋战”。

是不是那天自己演得太过？还是一不小心戳到了他的软肋？或者是被他看出了什么端倪？好吧，那天愤然离席的戏码是夸张了点，不过我心里也很歉疚的嘛！最忍受不了冷战的佳贤，越想越难过，从椅子上扑腾起来，大步流星地往秦淮办公室走去。

“笃笃笃——”

“进来。”

好冷。

后悔。

她颤抖着开门进去，话未出口就已经满面桃红。

“什么事?”熟悉的冰冷声音，此时听来却是那么悦耳——至少说明面前这个人尚未失控。

她咬了咬嘴角，怯怯地吐出几个字：“对不起，秦律师，那天是我太激动了。您大人不计小人过……那个……”

“我还没那么小气吧。”秦淮站起身，卓佳贤退后两步，“而且，我说过，那件事进了办公室就不要再谈了。现在依然有效。”秦淮说完，开始整理下班的东西。

“我想您是误会了，我道歉是因为我的态度，而不是因为事情本身。”卓佳贤突然变得振振有词。

“那么，我想你也误会了，我真的不需要你道歉。”秦淮已经收拾好东西走到她身旁。

“那……那你今天怎么都不理我?”这才是真正在意的吧。从什么时候开始，竟然被那个人的感受所牵动了？卓佳贤转过身看着秦淮的背影。

那句话透出的委屈味道，被秦淮嗅出来。他对卓佳贤笑笑，是跟那晚一样明朗的笑：“佳贤，我做了一下午的工作总结，实在没有时间‘照顾’你。如果这样让你不自在了，我明天一定注意!”

好恶俗的桥段。卓佳贤，你在干什么？非要挖个坑把自己给埋了才罢休吗？“下班了，走吧。”思绪被飘来的声音打断，眼前只剩下模糊的背影。

刚走到大厦门口，卓佳贤就被从身后冲上来的车吓得半死。车窗摇下来，露出秦淮的脸："那个，如果不介意的话，我很乐意顺道送你一程。"

"不必了，我可消受不起。"卓佳贤继续往前走。

"那你就当可怜我，让我把那天的话说完吧，憋着难受。"车继续贴身往前开。

听秦淮这么说，佳贤倒是动了心思，停下脚步："刚才在办公室怎么不说？憋死得了！"

"办公室里的秦淮，言行举止有他的顾忌，出了办公室的秦淮，说话办事有他的自由。明白吗？上车吧……"车门被打开。沉默了两秒，卓佳贤坐上了副驾驶的位子。

"佳贤，应该说对不起的人是我。对不起，其实不管是关于吴晓迪，还是关于你，你们的私事我都没有权利去干涉。所以，这起案子以后你就要跟了，至于晓迪，你一定让她自己凡事多长个心眼。"秦淮说得很诚恳。

佳贤觉得有点过意不去，嘴里却毫不退让："你刚才说的'没有说完的话'就是这些吗?"

"呵呵，"秦淮哑然失笑，"那我最后再说一句吧，你有没有想过，如果吴晓迪跟林萧的事情处理不好的话，有可能会牵连吴局?"

五雷轰顶！佳贤不可能听不出秦淮话里的意思。这起案子涉及官员收受贿赂的查处，而吴愈又是省级官员，万一晓迪和林萧的事情被曝光，又无法给出合理解释，吴愈被牵连几乎是一定的！

"明白，我知道自己该怎么做。谢谢你，秦律师。"纵使心里百感交集，表面上却不得不从容应对——这是从秦淮那里学来的。

秦淮放心地点点头，然后说了句："出了事务所，就叫我秦淮吧。"

"哦！秦淮。"奇异的感觉。

像是暴风雨过后的死寂，接下来的几天，不光林萧对晓迪百依百顺，秦淮对佳贤也奇迹般地平易近人。这些时光就像是被上天赐福过，宁静且舒心，以至于两个人聊起来都觉得有些索然无味。

然而，安宁本身就是一件极不靠谱的事，一个喷嚏就能让气场乱掉。吴晓迪也逃不出这样的怪圈，想甩也甩不掉地，每每听见张翼天的名号，就会立刻想起案件的事情。

偏偏越不想见一个人，越会遭遇狭路相逢的戏码。不知道是不是觉得小两口斗嘴很欢乐，肖柔再一次盛情邀请她跟林萧一起回家度周末。是的，这次是度周末，而不是吃饭，这就意味着吴晓迪不得不在别墅住上一晚。

听到这个消息，吴晓迪即刻萌生出打包回家的念头，不过只能瞬间自毁；林萧也好不到哪里去，他甚至想到要不要自残进个医院。为了避免不愉快事件的再次发生，两人最终达成协议：若是被问及订婚之事，必须相互配合，步调一致，坚守核心观点——订婚只不过是哗众取宠的把戏，不如把钱省下来去趟夏威夷！

正所谓祸福相依，虽然不得不在别墅住上一晚，但好在张翼天接受了林萧的提议，批准 Jackie 作为编外人员加入这次家庭聚会。有了 Jackie 这个万能润滑剂，吴晓迪和林萧总算可以在周五晚上安心睡觉了。

比往常还要早地，林萧被一阵窸窸窣窣的声响惊醒，揉一揉眼睛，不会吧，吴晓迪，你是在梦游吗？太阳公公都还没有起床呢！就在这个时候，梦游的人自言自语起来：“黑的好还是白的好呢？”林萧好奇地偷偷张望了一下，发誓以后只让她买同一款式同一颜色的内衣，当然，尺寸就要与时俱进了。

想到尺寸问题，林萧“嘿嘿”地笑出了声。吴晓迪转过头茫然地看着他：“你带黑色还是白色？”“什么？”“内衣。”“……”

就这样，从内衣与内裤的话题开始，吴晓迪以孜孜不倦喋喋不休的态度，把一只硕大的行李箱装得合不上嘴。如果行李箱也有灵魂，一定会跳出来鄙视眼前的怪咖。

“吴晓迪，只是一个晚上而已，有必要这样吗？”忍无可忍，林萧趁吴晓迪抽空收拾自己的时候，把箱子翻了个底朝天，“喂，这是什么？”林萧举起一件糖果色泳衣。

“可恶的家伙，人家好不容易才把箱子关上的欸。你看不出来这是件泳衣吗？”

“废话，我当然知道这是泳衣，我是问你带这个干吗？”

“带泳衣当然是游泳咯。那天看到你家后院花田旁边的露天泳池，超想往下跳的……”吴晓迪一边说一边贪婪地笑。

林萧默默地走到窗前，指了指窗外：“要不要这么浪漫？”

雨如果一直下，气氛怎么会融洽？吴晓迪绝望地看着窗外，心情像是坐过山车，“唰”地跌入谷底。还好，Jackie 再一次适时出现，救林萧于水火之中。

这一次的旅途，换作两个男生你唱我和滔滔不绝，吴晓迪冷冷地坐在后排看着空中飘过的雨做的云，对前排两个话痨视而不见听而不闻。也不知道坚持了多久的情绪自虐，当林萧回过头再看她的时候，她已经眠思梦想，会周公去了。两个男生默契地相视一笑，闭上了嘴。

或许是前一晚太过亢奋，这一个回笼觉吴晓迪睡得好不惬意。

月光被夜风带进窗户，爬上闺床，柔柔地抚摸着身体，像是要把白日的烦恼一一抹去。想起小时候蒲扇度夏的日子，无忧无虑，不骄不躁。可惜时间只有流逝的责任，没有回归的义务，它用人们的成长与老去，换来自身永恒的活力。原来人的生命就是在这样的宁静中，被一点一点抽走，直到无法呼吸。

无法呼吸？无法呼吸！吴晓迪惊醒。眼前是林萧毫无遮拦的坏笑，他正站在车门边，一只手捏着她的鼻子，另一只手从兜里摸出一张纸巾。Jackie在后面笑得含苞欲放，见吴晓迪向自己射来愤怒的目光，略忍了忍，然后干脆背过身笑得更加妖娆。吴晓迪哼哼着撑起身子，接过纸巾，疑惑地看着林萧。“擦下嘴吧……还有……座椅，拜托！”林萧说完，就绕到后面去取行李了。

真是丢脸死了，怎么会流那么多口水?！吴晓迪迅速清理好自己的嘴和车座，走下车伸了个懒腰，动了动脖子。咦，好像没有下雨了欸，真好！

雨后初晴的纽约市郊，空气中满溢着青草与泥土的味道，浅淡的商业别墅被晕染出几许田园气息，和着湿润的夏风扑面而来。别样的小幸福，第一次也是最后一次包裹起这个时空的吴晓迪。

林萧和Jackie也恢复了正常，两人拖着行李箱走在前面，听见吴晓迪贪婪且夸张的呼吸声，回过头来，看到了比阳光更美好的灿烂。

毕竟不是第一次见面，吴晓迪再次来到肖柔和张翼天面前时，已经可以努力做到举止自若，神色不动。在她看来，肖柔还是那么讨人喜欢，张翼天还是那么惹人讨厌。讨厌的张翼天，讨厌的案件，讨厌的欺骗……停停停，千万不要、不能、不可以想起这些有的没的烦人的事情，要不然就对不起自己好不容易得来的好心情了。吴晓迪深呼一口气。

和吴晓迪的纠结截然不同，林萧散发出自然而然的轻松自在的气息，不知道是因为一切疑问被打破而内心归于平静了，还是因为终究逃不过习惯成自然的人生规律。“妈，这是晓迪给你准备的小礼物。本来是上次来的时候准备的，结果太紧张给落在家里了，这次特地给带过来了。是吧，晓迪?”林萧不知道从哪里变出一个包装精美的四方礼盒，恭敬地送到肖柔面前。

“啊？啊！是是是，小小礼物不成敬意，希望您能喜欢。”这个林萧，在搞什么？事先也不通知一声，幸好我吴晓迪很能演。

肖柔接过礼物，嘴上说着“来就来还带什么礼物，还是我们晓迪乖巧懂事”，脸上却笑开了花。吴晓迪听到这句中国人最常用的交际用语，忽然想起了自己最怕别人送礼的老爸老妈，觉得又更爱他们了一些。

按中国人的礼节，基本上不太会当众拆开礼物，肖柔亦是如此，她让人把礼物拿去楼上，然后赶紧招呼厨房开始准备午餐。张翼天走上前和几个年轻人寒暄了几句，便把客厅留给了他们，自己走到后院去休息。对于这一点，吴晓迪觉得他很有自知之明，正好眼不见为净。

林萧看到张翼天往外走，似乎有想要跟出去的意思，却被身旁的吴晓迪拉住了。吴晓迪低声向他兴师问罪，当然，最终还是忍不住问起礼物到底准备的是什么东西。林萧故作神秘，只是说她过不了多久自然会知道，其他一概一问三不知。

肖柔回到客厅，和吴晓迪闲聊起来。没想到的是，两代八卦女竟然因为对“帅哥”的共同爱好相谈甚欢，大有相见恨晚之势。林萧作为本次研讨的话题人物，实在无法淡定地聆听下去，便四顾找起 Jackie 来。

屋里没有，难道是去了后院？林萧走到窗前往外张望了片刻，又折回来老老实实地坐下，正好听到肖柔在给吴晓迪讲他小时候翻墙入室偷书的糗事。大龄八卦女讲得眉飞色舞，幼稚八卦女听得乐不可支，还凑热闹地问："一楼的邻居大叔没有骂他吗？才几岁就不学好什么的？"

"幸好呢，那家主人是个大学老师，看他年纪小，又偏偏着了魔一样偷了本书。人家说什么'偷书不能算偷，而是窃'，觉得他将来会有出息，就把那本书送给他了。"话里无不充满骄傲。

吴晓迪瞪大眼睛，看了看无助的林萧："林萧，你当时到底怎么想的？怎么不偷别的非要偷书？"

林萧正琢磨着别的事，听见吴晓迪发问，极度不愿回应，然而在肖柔面前又不敢太任性："不是都说了吗？偷书不是偷！又不是自己家，你进去不害怕啊？我就看见满屋子的书，一排一排地挤满了好几个架子……"

"那你到底'窃'了本什么书啊？"吴晓迪穷追不舍。

"哈哈……"肖柔抢白道，"说了你也不信，他居然给我抱了一本《费马大定理》回来，哈哈哈……"

数学白痴吴晓迪宣布完败："林萧，原来这就是传说中的命中注定哦！"

"喂，有那么好笑吗？我又不是故意的，当时也就能把这本书的名字认全了。妈，你也是的，这件事你要讲多少次才觉得够啊？你怎么不说后来张老师多喜欢我呢！"

肖柔换上欣慰的笑，对吴晓迪说："这倒是真的，后来邻居张老师还经常带他去家里玩，借书给他看，教他简单的算术，可喜欢他了。"说到这里，肖柔突然停了一会儿，语气凝重了几分，"没几年林萧升了初中，紧接着家里就出了那些事，再不久我们就搬家了。我记得搬家前一天，张老师还在给他补习呢……"

“好了，别说了，妈。”林萧赶紧掐断话题，生怕再说下去会引起各种不良反应，“什么时候开饭啊？饿死了!”

“是啊，什么时候开饭啊？看把这帮孩子给饿的！呵呵!”张翼天的声音从天而降，他和Jackie正从外面走进来。林萧不大不小地惊愣了一下，想起刚刚看到的一幕，觉得实在有点匪夷所思。究竟是自己产生了幻觉，还是这两个人有什么事瞒着自己？一定有问题!

气氛变得微妙起来。吴晓迪见张翼天进来心里又开始别扭，林萧看着Jackie心绪飘忽不定，张翼天的假笑显得心事重重，Jackie站在一旁缄默不语，肖柔因为话题被打断而表现出意犹未尽的神情。五个人各怀心事，面面相觑了好半天，谁也不晓得该怎么继续下去。

正适时，一串惊天地泣鬼神的“咕噜”声从某人肚子里传出来，引得大家讪笑不已，也算是及时化解了尴尬。林萧和Jackie齐齐看向吴晓迪，认定这种功力只有她才具备。吴晓迪下意识地捂住肚子，眼神在狡辩：“看我干吗？又不是我!”

“我又没说是你，此地无银三百两。”林萧用眼神回应。

折腾了一上午，每个人都饥肠辘辘。尤其是三个年轻人，在饭桌上尽情上演了一场饿狼争食，直看得张翼天张口结舌，不由自主地也加快了节奏。肖柔见大家都只顾盯着碗里的想着锅里的，忍住继续八卦的欲望，跟着闷头吃喝。不多时，一整桌饭菜就被扫荡得干干净净。

吃饱喝足之后，心情自然明媚起来。肖柔有午睡的习惯，于是建议张翼天带孩子们去不远处的高尔夫球场运动运动。两个男生好不兴奋，立马点头。吴晓迪一是不会，二是不愿和张翼天相处太久，便说想留在家里，等肖柔休息好了可以陪她聊天。从一进门，张翼天就感觉出了吴晓迪的躲闪，于是并不勉强。林萧心里别有顾及，正好顺水推舟地让晓迪留在家里。

三个人整装出发后，肖柔上楼去午休，留下晓迪随意在屋里乱窜。这还是她第一次如此放松地打量这个特别的家。屋子里的陈设华贵低调，由美式家具充当主角，造型简单明快，还被加入了多功能的设计，外观和用料都保持着自然、淳朴的风格。家具大多是实木的，不管是造型、纹路、雕饰和色调都显得细腻而高雅，还散发出了耐人寻味的芬芳。显然，这些都迎合了肖柔落落大方的喜好。

为了不打搅肖柔休息，吴晓迪没有往楼上去，而是溜达到了后院。和前院的满眼翠绿相比，后院显得缤纷许多。花田里除了常见的夏色堆心菊之外，还种上了各色的星花福禄考，有一花一色的，也有一花多色的，有斑点的，有条纹的，还有白心蓝点的……每一朵都那么精巧。

晃了一圈，吴晓迪回到屋檐下，见四下无人便横躺在长藤椅上，尽情享受起这个慵懒的午后。心里想着，不知道林萧他们现在怎样了……

高尔夫球场距离别墅不远，驾车不到二十分钟便抵达了。张翼天找来私人教练，准备好用具，然后进场。张翼天和教练坐一辆电瓶车在前面带路，林萧和 Jackie 一车跟在后面。

林萧瞅准这个时机，轻声问旁边的人："Jackie，最近有不开心的事情?"

"还好吧……" Jackie 支吾着，"没有烦恼的人生是不完整的，呵呵，想办法解决就好了。"

"有什么事，需要用跟张翼天吵的方法来解决?"林萧选择直入主题。

"谁告诉你的?"有人神经紧绷起来。

"不小心看到的，你和他在后院指手画脚吵得不可开交的样子。"林萧看了一眼另一辆电瓶车，确认张翼天并没有注意他们，于是接着说，“究竟是什么事？和我有关？”

“林萧，很抱歉，这件事我没有办法也没有权利解释给你听。”林萧注意到他的手紧紧地攥着，声音里带着乞求，“我只能说，假如这件事真的与你有关，我会选择站在你这边，相信我。”

林萧没有再追问下去，内容很模糊，意思却再清楚不过。他在 Jackie 腿上轻拍了几下，好让他宽心。

来到一片绿海深处，电瓶车停了下来。几个人陆续下车，稍作准备后便开始小试牛刀。林萧心神不宁地玩了几杆，尽显菜鸟本色，自己都觉得无趣，便宣布退出，在一旁观战。剩下几个人的水平倒是旗鼓相当，你追我赶地激战起来。

都说高尔夫是绅士的运动，果然没错，就连张翼天这种“大哥”气质的家伙都显得风度翩翩，一招一式有板有眼，每一杆都精确到位，而且是步步为营，胸有成竹。暂且不说球技好与不好，首先从气势上就压倒了对手。Jackie 倒也不赖，这个平时总给自己贴上阴柔标签，尽显手无缚鸡之力脆弱感的美男子，在挥杆的刹那，也展现出了刚毅坚定的一面。原来他也有这么 man 的时候！

其实高尔夫看似优雅，却是实实在在的脑力加体力活，更是千金一刻的奢侈品。等张翼天潇洒地撒完千金后，已是夕阳西下的时刻，几个人已经累得不行，稍作休整，收拾好东西，便匆匆赶回家。

一进家门就看见两个八卦女又凑在一起叽叽咕咕不知道说些什么。见他们回来，肖柔站起身走上前，憋着气说：“你们几个先上楼洗个澡吧，我让厨房准备晚餐。”张翼天点点头，准备上楼，又转身特地交代了一句：“多准备点饭菜吧……”

吴晓迪鬼鬼祟祟地跟着林萧进了房间，林萧纳闷地看着她：“干吗？准备观摩我洗澡?”吴晓迪“嘿嘿”地笑了两声：“我知道礼物是什么了。你怎么会想到送八音盒的？不觉得幼稚吗？你妈又不是小女孩。”“她不喜欢吗?”林萧一边脱衣服一边反问。“那倒没有，看样子她好像还蛮受用的。”吴晓迪把扔到床上的脏衣服捏起来，扔到沙发上。“这就是嘛！女人不管是十八岁还是八十岁，都有浪漫情结啦。你到底是不是女人，幸好是我准备的，换作是你，还不晓得弄些什么稀奇古怪的玩意儿呢!”说完，林萧拿着换洗的衣物钻进了卫生间。

再次聚首饭厅，餐桌上方栩栩如生地浮现出中午那壮丽的一幕，每个人似乎都看到了自己吃货的本色，皆矜持地坐在位置上“忏悔”，谁也不愿先动筷。吴晓迪忍受着煎熬，看着满满一桌美食两眼放光。这样的时刻，Jackie的重要性就凸显出来了，他清了清嗓子，冲着空气说了句：“好香哦，这是水煮鱼吗？在美国要吃到正宗的水煮鱼可不容易，看来今天我有口福了!”

“是啊是啊，这里面的调料都是从国内带过来的哦。”肖柔赶紧推波助澜。这两句话无疑把大家的胃口吊到了极致，吴晓迪再度毅然决然地放弃形象，率先捧起了面前的碗，小心翼翼地将罪恶的魔爪伸向水煮鱼。就是一眨眼的工夫，她的筷子竟落在了最后，其余四人已经开始对着鱼肉大快朵颐。

吃了没几口，张翼天恍然大悟一般地说：“对了，关于订婚的事情，你们商量好了没?”

噗——吴晓迪刚扒了一口饭，又吐回了碗里。林萧用胳膊碰了她一下，按部就班地说着台词。吴晓迪镇静下来，在一旁点头附和，还冲着对面的肖柔不好意思地笑了笑。“什么钱不钱的，你们想去夏威夷随时都可以去，订婚和旅行的钱我还是拿得出来的嘛。”张翼天面带笑容，话说得却是硬邦邦的。

“那个，其实我们是觉得这种仪式毫无意义，订了婚之后散伙的多了去了，没有必要走这个过场嘛。况且我们才大学毕业，还没有太多的经历，这样对双方都不负责任，对吧，林萧?”吴晓迪继续申诉，小手在桌下寻觅着大手，像是在寻找勇气。林萧握住伸过来的手，应和着说：“是啊，叔叔，要不再过两年，等我修完学，直接结婚不是更好?”

“既然这样，我也不能勉强你们对不对？要不然这样吧，我们都退一步，”张翼天看了眼夫人，“你们就直接结婚吧！下个月的好日子本来是留给你们订婚用的，这次就一步到位得了，哈哈哈哈。”

晕，又不是谈生意，这种事情还带砍价的啊！吴晓迪和林萧万万没想到事情会发展到这个地步，只能端着碗相顾无言。

肖柔不失时机地插了一句：“皇历本来写的就是‘宜嫁娶’，直接结婚才好呢！哈哈!”简直是雪上添霜，火上浇油，落井下石，唯恐天下不乱!

林萧侧过头用目光向 Jackie 求救，Jackie 瘪瘪嘴，表示实在没有办法干涉别人的家事，这个时候，嘴还是用来吃饭的好。

吴晓迪感到握着自己的大手气虚无力，便轻轻反握了一下，抬起眼紧盯着张翼天义正词严地说：“叔叔，虽然我是逃出来的，可并没有跟家人断绝关系，婚姻大事，我爸妈也应该有知情权、参与权、表达权、监督权以及决策权吧!”

张翼天被她凌厉的锋芒刺中，不得不缓了口气：“哈哈哈，不愧是法律系的高才生啊，这话说得……是我们没考虑周全，应该先跟你家里人商量商量，可是这大老远的……”张翼天面露难色，看向肖柔。

肖柔想了想，小心地说："要不然，找个时间我亲自去拜访一下？"林萧怕吴晓迪又说错话，刚想开口，还是被她抢了先："阿姨，还是让我先跟他们商量一下吧，可以吗？"吴晓迪尽量把语气放得柔和。

"是啊，妈，好日子又不是只有一个，下个月不行，以后还有的嘛。"林萧安慰着肖柔，说着给她夹了一些菜，想要尽快结束这个棘手的话题。

张翼天也不再继续，貌似是把注意力重新放回到餐桌上了，吧唧吧唧地吃起来，一边吃一边若无其事地说了一句："哦，对了，林萧，一会儿吃完饭到我书房来一下吧。"

"好，知道了……"林萧应下来，余光里 Jackie 的脸色忽明忽暗。

吃完饭，张翼天和林萧一前一后往楼上书房走去，肖柔张罗着人收拾残局，剩下吴晓迪和 Jackie 不知道该如何消磨时光。由于连续两顿猛吃，吴晓迪的胃提出了抗议，于是她便邀请 Jackie 一起到后院散步消食。在她眼里，Jackie 是个可靠的伙伴，如果他是个女孩的话，她会毫不犹豫地把他吸纳为闺密，就好像卓佳贤。

书房里的灯光比客厅柔和一些，带着淡淡的橘色，也不至于昏黄。除了墙面书架、书桌和电脑等物品之外，靠窗的地方还专门摆放了两张简约的单人沙发。"过来坐吧。"张翼天说着走到窗前，林萧跟了过去。

"林萧啊，其实也没什么大事，我就是忽然想起来，晓迪来了美国之后，跟家里还有联系吗？"张翼天靠在沙发上像是在拉家常。

林萧机警地说："其实我也不是很清楚，我跟她在一起的时候没见她给家里人打过电话，其他时候或者其他方式的话就不一定了。您怎么想起问这个？"

“哦，还不是刚才你们结婚的事情，我觉得晓迪可能有点闹情绪，不方便在饭桌上继续问她了，所以先问问你嘛。这么说的话，她和家里的关系可能还没处理好，是吧？”

“我想，是吧。不过您放心，慢慢就会好的。”林萧回答说。

“唉，看来只有这样了。你也看出来了，你妈很喜欢晓迪，巴不得你们俩明天就结婚呢。呵呵，这回她可有得等啦。”张翼天摸了摸自己光溜溜的头，偷瞄了林萧一眼。

林萧忽然感到了莫名的压力，肖柔这个人向来挑剔，难得遇到“情投意合”的，不赶紧拿下好像就是自己不上心了。见林萧久久不语，张翼天又开了口：“另外，上次跟你讲的，公司内部的事情，你没跟她说过吧？”

“她？吴晓迪？还没有……您的意思是？”林萧似乎明白了一些什么。

“我的意思是，这件事情知道的人越少越好，尤其是晓迪，她毕竟是个女人。我对你妈一直守口如瓶，就是觉得她作为一个女人愿意用一生来陪伴我，那么我带给她的应该是幸福，而不是担惊受怕，你懂吗？”

“我了解。可是，纸是永远包不住火的啊！”

“那至少在此之前，她们可以幸福快乐地过日子。”张翼天叹了口气，把头倚在沙发上，望着天花板，“林萧，我现在就是拼了命地要包住那团火，哪怕有一天会把自己烧成灰。”

林萧无言以对，刚才隐隐理出的头绪，被这番话生生地掐断了。他看着眼前这个深不可测的人，不知道这番话是否跟 Jackie 的烦恼也息息相关。

张翼天拍了拍林萧的肩膀：“好了，孩子，你经历得太少，有些事情可能无法体会，以后你会慢慢明白的。我再一个人待会儿，你下去陪陪你妈吧。”

林萧从楼上下来，肖柔正一个人在客厅里看电视，还告诉他吴晓迪和 Jackie 去了后院散步，应该也快回来了。林萧脑子里还在努力理清刚才的对话，也懒得出去找寻，便在肖柔身旁坐了下来。看到林萧略显疲惫，肖柔便把结婚的话题咽进了肚子，有一搭没一搭地问起下午打球的状况。林萧无精打采地回答着，忽然觉得自己就像张翼天杆下的那只高尔夫球，正乖乖地按着他既定好的路线往某个黑洞飞去，再轻轻一推，他就会被困在洞里，换来张翼天欢天喜地的胜利。

正想着，耳畔传来吴晓迪和 Jackie 嘻嘻哈哈的打闹声，随即门被推开，飘进夜风的芬芳。吴晓迪一边走进来一边打着喷嚏，Jackie 无奈地朝林萧摊摊手：“别怪我哦，我们只是散了散步，她就开始不停地打喷嚏了，可能是感冒。”刚说完，吴晓迪很配合地展示了一下。

林萧站起来，走到晓迪面前，伸手摸了下她的额头：“有点发烧了。”

肖柔听他这么说，倒是比其他几个人都显得紧张，急忙起身拿来了药片和水。吴晓迪觉得还没那么严重，坚持自己好好睡一觉就会没事，死活不愿吃药。大家都拿她没办法，林萧只好带她上楼去休息。Jackie 和肖柔没什么话好说，礼貌地陪坐了一会儿，也起身道了晚安。

回到房间，吴晓迪先简单洗漱了一下，然后就被林萧狠狠地裹进了被子里，捂得严严实实。她艰难地抬起头冲着林萧大嚷：“你在报复！你心理阴暗！”林萧爬到“肉卷”的正上方，阴森森地说：“吴晓迪，你终于落在我手上了，我等这天已经很久了，看我怎么报仇雪恨！哈哈哈！”说着，翻身下床从行李箱里掏出吴晓迪精心准备的睡前甜点，在床边一字排开，嘴里嘟嚷着，“先吃哪个好呢？”吴晓迪像是打了鸡血，拼了老命地坐起来，硬生生地把“肉卷”变成了“粽子”：“你敢……”林萧继续：“哎呀，好像都很好吃的样子哦！那就全都吃了吧！”说着就噼里啪啦地好一顿撕。

吴晓迪瘪着嘴皱着眉，委屈地看着心爱的果冻惨遭不测，泪点被无情戳中，酝酿半晌的情绪终于爆发，化作超凡的标志性哭声。林萧停下动作，看了眼号啕大哭的吴晓迪，觉得她好像一座正在喷水的白塔，滑稽又可爱。他忍住笑，用手摸了摸晓迪的头：“好啦好啦，节约用水，控制流量……我跟你开玩笑呢，你也太小气了吧。现在都帮你打开咯，想吃哪个口味的？我来喂你。”

喷水阀门瞬间关闭，等残余的部分流干净后，吴晓迪抽了抽鼻子：“以后别在人家心情不好的时候开这种劣质玩笑好不好！草莓的。”

林萧把果冻塞到她的嘴里，好奇地问：“心情怎么不好了？”

吴晓迪含着果冻，言语不清地说：“刚才 Jackie 跟我说了一些莫名其妙的话，我觉得怪怪的，有种不好的预感。”

“他跟你说什么了？刚才回来的时候，不是还挺开心的吗？”林萧心里忐忑不安。

“他刚才突然跟我说，‘晓迪，如果你觉得在公司做得不开心，我再帮你找个更合适的工作吧，这样林萧也会放心些’。我当时脑子没反应过来，什么都没说，然后 Jackie 就开始讲他的冷笑话了。”吴晓迪把果冻咽了下去，“但是现在回想起来，觉得……你不放心我吗？还是我的存在让谁不开心不放心了？”像是自言自语，又像是在向林萧索要答案。

张翼天和 Jackie 的争执，Jackie 口中的无法解释，张翼天坚持的守口如瓶，还有现在晓迪的困惑……究竟发生了什么事？为什么每个人都被牵扯其中又各自为阵？到底应该相信谁的话？哪些话是真，哪些话是假？不行，林萧，你一定得把事情搞清楚！

“再给我一个呗。”思绪被吃货的话掐断，林萧又往“血盆大口”里塞了一个果冻，“晓迪，你想太多了，Jackie 应该是怕你觉得工作无聊吧。再说，上了这么久的班，也没见你交个新朋友，什么时候交际能力变这么差了？以前在学校不是挺能忽悠的吗？”

“学校的人多单纯啊，社会的人多可怕啊！”真是言简意赅。林萧笑笑，起身给她松了绑，拿起手机向卫生间走去。她活动了一下胳膊，望着林萧的背影发问：“喂，你干吗去？”“废话，蹲厕所啊！今天吃了那么多。”“蹲厕所还拿手机？”“自拍，发微博，不行吗？”“恶趣味……”

林萧关上卫生间的门，把手机调成静音，在短信里敲下几行字：“你跟晓迪说的话，是什么意思？是张翼天让你这么做的？想让晓迪离开公司？”发送。

片刻，屏幕闪动：“不是老板的意思，只是我觉得，晓迪好像很讨厌老板，而且见到他就很不开心，难道你没有发现吗？你就一点也不担心？”

“担心什么？”

“她在公司多待一天，对老板的厌恶就会多增加一点，你就不怕这样下去会影响到你们之间的感情？”

“Jackie，这些都是借口吧？我知道，你对我隐瞒了很重要的事情！”

“如果相信我，就让晓迪离开公司……短信都删掉！勿回！”

林萧处理好短信，整理好心情，回手摁下马桶的冲水阀，装作如释重负的样子走出来。吴晓迪已经倒在床上，闭着眼睛不知道有没有睡着，旁边的果冻遗骸从床上延伸到床下，好不壮观。看来今晚这里是被吴晓迪独霸了，林萧拿着自己的睡衣走出了房间，找了间客房躺下。

一夜无眠。林萧脑子里全是白日里每个人稀奇古怪的举动，像是进了施咒的怪屋，大家全都变成了恶魔。吴晓迪把Jackie的话转述给自己，难道是在试探什么？张翼天为什么那么在乎吴晓迪的反应？吴晓迪为什么突然之间那么讨厌张翼天？对了，她老爸不是纪检委的吗？难道……吴晓迪到底知不知道？张翼天到底要对吴晓迪怎样？Jackie的那些话，到底该不该信呢？……

第二天“醒”来，已经错过早餐时段，林萧只好随便找来一些面包片充饥。肖柔在温润的阳光下整理着花田，张翼天坐在屋檐下的藤椅上看着报纸，Jackie也没闲着，在客厅里找了个空地练起了瑜伽……除了吴晓迪这头猪，大家都起了。林萧觉得很不好意思，转身往楼上走去，打算把猪牵下来，突然听见Jackie说的声音：“她生病了，就让她多睡一会儿吧。”林萧冲Jackie笑笑，心想，被Jackie爱的人该会是多么幸福啊！

上午的时光总是美好而短暂的，当大家从无所事事的享受中回过神来，时针已经快要指向十二点了。吴晓迪依然悄无声息。林萧再次站起身，这次Jackie没有再阻拦。

五分钟后，林萧抱着吴晓迪从楼上冲下来，一边跑一边大喊：“Jackie，晓迪烧得厉害，赶紧准备车去医院。”肖柔和张翼天一听也紧张起来，跟着林萧往外跑，却又帮不上什么忙。

林萧把吴晓迪放在后座，自己坐在她旁边把她搂在怀里，侧过头冲着车旁的肖柔说：“妈，别担心，去了医院就没事了。午饭不用等我们，你们自己先吃，我们的行李回头再来收拾……”话音刚落，Jackie已经默契地启动了汽车，一路狂飙。

第六章 生路

这一秒我们没来得及说出的话，和被误读的际遇，注定将被时光掩埋，从此两心相离，各安天涯了。

倘若世上真有地狱，那一定就是现在这样。好像是并行的两个轨道互不相让，把吴晓迪的生命割裂成无数切片，纵横交错在异度空间。一会儿是给自己冷敷降温的老妈，一会儿是搂着自己喃喃自语的林萧，一会儿是恨铁不成钢的老爸，一会儿又是叽里呱啦的美国医生……吴晓迪在半梦半醒之间挣扎，却越来越觉得浑浑噩噩，虚实难辨。

“晓迪，你真不应该追来美国……”

“晓迪，不管林萧做错了什么，你一定要原谅他……”

“林萧，晓迪是个好女孩，你一定要好好对她……”

“林萧，不管怎样你要记住，那件事千万不能让晓迪知道……”

“傻孩子，那个人不值得你爱，就更不值得你恨了……”

“晓迪，一切都会好起来的……”

“晓迪，你什么时候才能学会放下……”

像是进入了一场无限期的梦魇，无论怎么挣扎都无济于事，想见的人近在眼前又遥不可及，想说的话挂在嘴边却开不了口。醒不来，睡不着，活不成，死不了。终于，选择放弃吧，只要这样静静聆听着，把一句句话刻在心上，就好了。

或许这就是所谓的安静的力量，吴晓迪不再挣扎，反倒渐渐恢复了元气。她迷蒙地睁开眼，看到白茫茫的光晕开，眼角滑出几滴泪，终于醒来了。

“这是哪里?”她看着眼前模糊的人影，被包裹在一片光影中，无法辨认。

“这里是医院，你终于醒了。”好熟悉的声音，不是林萧……是？那家伙死哪儿去了？怎么能这么对待“生死未卜”的病人?!　“嘿，Jackie，你……”吴晓迪脸上失望的表情一览无遗。

Jackie 冲她明媚一笑：“你是想问，怎么是我，林萧去哪儿了，对不对？呵呵!”

的确是很有感染力的笑声，不经意间将吴晓迪心头的云雾拨开来一些。吴晓迪勾了勾嘴角，没有说话，用眼神做了回答。

“这两天公司的事情比较多，林萧每天都得去办公室。我担心你醒来找不到人会害怕，没事的时候就过来陪陪你咯。你看，多巧，今天我刚来你就醒了。”Jackie 一边说着一边拿来一杯水递给她。

吴晓迪心里有些失望，想着这就是男人的事业心吗？工作永远比女朋友更重要！“Jackie，先谢谢你哦，这几天都是你在照顾我吧？”感谢是真心的。

“等你身体康复了再好好感谢我吧。不过，晓迪，你真的该好好休息下，医生说你精神压力太大了，神经很虚弱。”

“Jackie，我告诉你一个秘密吧，不过你要发誓不可以告诉任何人，包括林萧。”吴晓迪招呼 Jackie 把耳朵凑过来，“我最近一直在想，是不是该回家了。”

Jackie 的笑被冻结在脸上足足三秒，继而又化作浮云散去，露出受创的本来面目。他怔怔地看着病床上面色惨白、声色凄厉的吴晓迪，无言以对，哆哆嗦嗦地伸出一只手，在吴晓迪额头上捂了一下。

吴晓迪强忍，一本正经地说：“我没发烧，也没吃错药，我说的都是真的。”

“好了，晓迪，别闹了，刚醒过来，让脑子休息下吧，乖！”Jackie 顺势在晓迪的脸上捏了一把，像是在哄哭闹的小孩。

Jackie 这个小小的举动让晓迪心里莫名一热，反而轻松下来，她冲着男孩明媚地笑了笑：“好吧，Jackie，我不逗你了。可是睡了这么久，好累好无聊哦，你陪我聊聊天行吗？”

“嗯，想聊什么？”Jackie 大方地坐到床边。

“之前我一直想问你来着，你的中文怎么会说得这么好啊？”

“嗯？你真的想知道？”Jackie 淡淡地问。吴晓迪点点头。

“是院长老师教我的。”Jackie 缓了缓，“孤儿院院长。”

孤儿院？他是孤儿？原来，这么阳光的男孩，一直都生活在没有阳光的世界里，那么，他身体里的热量都是从哪里来的呢？吴晓迪突然之间对 Jackie 产生了某种类似于崇拜的情愫，真心感谢这个世界还能有这样美好的生物存在："Jackie，对……"

"千万别说对不起哦，你们中国人，怎么这么喜欢跟人道歉啊?"

吴晓迪的"不起"被堵了回去，只好略去N个字再往下说："你真的很善解人意，难怪林萧总说，什么都逃不过你的眼睛，他想做什么，会做什么，只有你知道。"

"有那么夸张吗?"Jackie被吴晓迪一百八十度大转弯的话题逗乐了，"不是我厉害，是你们都好简单。要知道，人的心就像一面墙，刚开始不管涂上什么色彩什么图案都会鲜明夺目，却也容易暴露；日子久了，墙变得越来越污秽，不再鲜艳美丽，却能把好的坏的都藏起来。你们俩心墙上的涂鸦，现在还是Hello Kitty吧！哈哈！"

吴晓迪被最后那一句强烈刺激到，心想，你也太小看我了，我心墙上画的好歹也是无间道才对嘛！ "我们的是Hello Kitty，你的就是乱马二分之一!"

"什么二分之一?"Jackie茫然。

"那个……就是……"要跟一个美国人解释年代久远的日本漫画形象那是件多么没谱的事情，"意思是说你的心墙已经画了二分之一，剩下的你得珍惜咯。"

"我的墙早就画满了……"Jackie自言自语着。吴晓迪像是没有听清楚，又或许是不明白，紧跟着问了一句："什么?"

Jackie移了一下身子，握了握晓迪打着点滴的手："哦，没什么。我出去给林萧打个电话，告诉他你醒了，让他别担心。"

吴晓迪目送Jackie走出病房，视线最终定格在门后的红十字上。竖着进来横着出去，一竖一横鲜血淋漓，这个国际人道主义保护的标志，此刻看起来是多么讽刺啊！

正想着，十字从眼前移开，Jackie回到屋里："晓迪，林萧说他忙完就过来，我们等等他吧。"吴晓迪把腿蜷起来抱住，仰着头望着Jackie，感谢地说："谢谢你，在我最孤单的时候陪着我。"眼前这个人，是还没来得及定义为"朋友"的朋友，却在别人心底温暖出一道印记。而那个自己最需要的人，却在自己最需要的时候不知所踪。

日光从窗间离去，病房的门终于再一次被推开，露出林萧疲惫的身影和憔悴的面庞。吴晓迪莫名地心痛了一下，只不过几日未见，他却像一个陌生人一样立在自己面前。Jackie赶紧站起身，和吴晓迪道了别，走到门口对林萧耳语了几句，关门离去。

林萧整理好心情，轻轻走到病床前坐下，把吴晓迪的手握在掌心："对不起，是我不好，没能一直陪在你身边。"吴晓迪淡淡一笑，学着他以前的样子摸了摸他的头："没关系啦，Jackie跟我说了，你最近特别忙。你看才几天就瘦了这么多，要不要这么拼啊！"

"我还好，只是有点累而已。不过，晓迪，你能答应我一件事吗？"林萧看着她的眼睛，双手握得更紧了一些。

"什么事？"不祥的预感。

"出院以后，就别去公司上班了，好吗？如果你觉得在家无聊，我们再找份轻松的工作。"林萧叹了口气，深知在此时此刻说出这些话实在不够温婉，但……

同样的话，吴晓迪已经是第二次听到了。如果说上一次Jackie的旁敲侧击只是让她心生疑云，那么这一次林萧的直言不讳可以让她笃定，自己的存在已经受到某些人的排斥，而这某些人中，定然是少不了张翼天的。那么，林萧和 Jackie 的规劝，到底是出于对张翼天的屈服，还是对自己的保护呢？眼前的这个人，心墙上到底被画上了什么？

“为什么？林萧，是不是出了什么事？”吴晓迪决定主动出击。

“哪有出什么事，我只是觉得你身体这么弱，应该多休息……”毫无说服力的答案。

吴晓迪把视线移到门后的十字上，勉强控制着情绪：“好，我可以答应你，不过，你也要答应我一件事……不要再帮张翼天了，回到从前可以吗？”

林萧眼中的血丝愈加明显，他揣摩着吴晓迪的话，她是不是知道了些什么？“为什么？当初你不是说，实践一下也好吗？再说，没多久就开学了。”

“当初你也说过，事情不会那么简单，你……”吴晓迪鼓足勇气，语气淡然却坚决，“你会把自己套进去的，他不是什么好人！”

“你凭什么这么说？”林萧没有被激怒，冷漠的回应底下潜藏着深深的不安，“你是不是听你爸说什么了？还是你跟你爸说过什么？”

话一出口，两个人的心都被掏出了大洞。

吴晓迪当然明白林萧话里的怀疑，冷静地说：“林萧，话说到这个份儿上，我想我们也没必要伪装硬撑了吧。张翼天洗钱的事情，你是不是已经知道了？所以现在要千方百计阻止我去公司上班，是怕我察觉出什么会告诉我爸？那你实在太高估我了！我来美国这么久，为了你，我连电话也没打回去过一次！”

“事情不是你想的那样，洗钱的不是张翼天，是……”林萧说到一半突然想起什么，眼神空洞，“吴晓迪，你说你没跟你爸联系过，那这件事情你是怎么知道的？……你演得真是太好太逼真了！你要骗我到什么时候？莫名其妙地跑来美国，莫名其妙地让我去帮张翼天，莫名其妙地答应去公司上班，这次又莫名其妙地生病，三十六计你是轮番上啊！难怪最近公司接二连三地被调查，原来都是您大小姐的功劳！螳螂捕蝉黄雀在后啊！”一阵冷笑冰凉刺骨，令人战栗。

骤然间，林萧又后悔起来，实在不敢相信，刚刚的话是从自己嘴里说出来的。然而，底线，一旦被打破，便只剩下一刀两断的结局。

吴晓迪强忍着委屈的泪水，狠狠地说：“林萧，有些事情我现在没有办法解释，而且解释了也没有用，但是请你记住，我，吴晓迪，这辈子做的所有事情绝对不是为了伤害你！”

苍白无力的辩驳，话音未落，门被重重地关上，空留下鲜红的十字触目惊心。

不知道为什么，林萧心里积满了说不清道不明的怆然，他觉得自己如同被狼群和猎人齐齐追捕的猎物，正被一步步逼到悬崖。更可笑的是，参与这场邪恶游戏的对手，竟是所谓的家人和心爱的恋人。究竟要怎样才可以结束掉这一切?!

夜色掩盖了华尔街白日的紧张繁忙，整个街区被五光十色的霓虹渲染，成为游客们的一方天地。林萧不知不觉走到了 Stern 商学院门前，抬头望去，教室里灯火通明，华尔街上众多的金融精英常常在下班之后来这里进修，未必是为了梦想，但至少还有某种祈愿。林萧默然，仅仅才一个月的时间，生活就对他失去了耐心，露出狰狞的原形。他记不起前一次想起 Stern 是在什么时候，而此时此刻，自己又哪里顾得上当初热血的向往，恐怕连观光客的激动都比不了。他想起被扔进储物室的学习资料，想起 Jackie 满屋子的人形纸模，想起自己曾不经意说的那句话——空留梦想的遗体。

吴晓迪躺在病床上，一片混乱。她不知道这件事情被曝光出来，究竟是好是坏、会对整个局面产生怎样的影响。她并没有想象中那么埋怨林萧，如果自己是他，面对如此状况，只怕会当场休克吧。事已至此，他会怎么想自己，会怎么理解这件事，只能听天由命了。吴晓迪晃了晃脑袋，想要让自己清醒一点，现在应该怎么办？

林萧夺门而出的画面再一次充斥于脑海，吴晓迪早已泪流满面，这一次，是不是真的回不去了？她不敢再往下想，决然地拔掉手背上的针头，抓起手机冲了出去。她不停地给林萧打电话，一遍又一遍，直到听见“已关机”的嘲讽。她穿着病号服光着脚狂奔到医院门口，拦下计程车才发现身无分文，不得不电话求助于 Jackie。

计程车在女孩的号啕大哭中飞驰到公寓楼下，吴晓迪从车上下来，见到焦急等待的 Jackie，还未开口便虚脱得一头栽倒在他身上。Jackie 付过车钱，一只手托着吴晓迪，一只手替她拨开粘在额前的凌乱头发，惊愕于她比在医院时还惨不忍睹的面容：“究竟怎么回事？怎么一个人从医院跑出来了？林萧呢?”吴晓迪似乎是连说话的气力都已耗尽，只用珠泪横飞和浑身战栗来回应。Jackie 不再多问，见吴晓迪赤着脚，转身把她驮到背上，说：“我带你回家!”

Jackie 用备用钥匙开了房门，屋里空空荡荡，林萧还没回来。他找来毛巾给吴晓迪擦脚，又拿来拖鞋给她穿上。吴晓迪停止了哭泣，呆呆地坐在沙发上任其摆布，心里却因为没见到林萧而更加失落。这一次，他真的会丢下自己了吧?!

Jackie 问她要不要到卧室休息一会儿，吴晓迪摇摇头，只说让他坐下来陪陪自己，便又陷入沉思。Jackie 隐隐觉得这次两人的僵局，和上次的闹剧绝然不同，其中缘由倒是能猜出几分，但又不完全透彻，想说些安慰的话又无从开口，只好安静地坐在一旁，和吴晓迪一同等待林萧的出现。

明月高悬深蓝苍穹，纽约难得的繁星点点的夏夜。当 Jackie 数到第一百二十二枚星子的时候，响起了开锁的声音。他扭过头看见醉醺醺的林萧摇晃着进屋，赶紧起身去搀扶，心想有一只抑郁的就够难搞了，又来了一只酒后的，真是福不双至祸不单行。

听见林萧回来的动静，吴晓迪的心仿佛刹那间被撕裂，巨大的恐惧从缝隙中直击心底。她狠命地闭上眼睛，捂上耳朵，不敢看不敢听，不敢想接下来会发生什么。林萧虽然喝了不少酒，看上去反而比刚刚在医院冷静了许多，就连看见蓬头垢面的吴晓迪从医院回到家里，也没多问，只是撇开 Jackie 的手，径直走到沙发跟前，缓缓跪下，把头埋进吴晓迪的膝间，痛不欲生地说："晓迪，我想我们还是暂时分开一段时间吧。"

再熟悉不过的恶俗台词，悲情故事往往自此开始。苍白的手指深深地扣进沙发里，像是承受着所有悲伤的重量，虽然早有准备，吴晓迪还是心如刀绞，直痛得连眼泪都忘了流，痛得连一句"为什么"都问不出口。就算之前要分隔两地，他也从未说过这样的话，而此时，却要硬生生地把两人一起的过往打入十八层地狱。

Jackie 默默退出门去，他知道眼下的情形已不需要任何人多言一句。林萧感受到对方传递出的绝望，把头抬起来，在晓迪额前淡淡一吻，也站起身离开了客厅。

不多时，林萧拎着简单收拾的衣物和日常用品，敲开了 Jackie 的门，宣布要在此借住一段时间。Jackie 仿佛早已料到这个局面，接过东西放进洗漱间。"想不到你会有和我住一起的时候啊！你还记得以前你说的，我休想踏进你卧室一步吗？现在我要对你说，欢迎光临我的卧室！”Jackie 想要尽量缓和一下气氛，便跟林萧打趣道。

林萧站在一堆人形纸模中间，故作轻松地回应：“你别想多了啊，我只借住你家客厅。你赶紧把你的‘梦想’们扛进卧室去吧，我怕它们晚上会骚扰我！”

Jackie 狡黠一笑，把林萧按在沙发上，让他先坐着等等，转身走进厨房。等他再出来的时候，左手多了一瓶 Whisky，右手夹着两个杯子：“既然已经喝开了，不如一醉方休！”

像是回到第一次宿醉的时候，两人各自找好领地，一杯接一杯地猛灌下去。不同的是，这次正常的是 Jackie，不正常的是林萧。一瓶酒慢慢见了底，两人也头对着头瘫软在沙发上。林萧把身子向上挪了挪，凑近 Jackie 的耳朵，喃喃地说：“Jackie，我和晓迪需要分开一段时间，接下来的日子，你可以帮我照顾她一下吗？”

Jackie 不解地问：“既然那么担心她，证明你并不是不爱了，为什么要分开呢？这样很残忍，你不觉得吗？”

“我当然了解，但是 Jackie，你知道吗？晓迪她知道公司的事情了，这意味着她很可能被无情地卷进这场致命的游戏。离开医院之后我想了好久，如果我现在不放开她，将来她会被伤得更深，痛得更久……”Jackie 看不到林萧湿润的眼眶，只听见他继续自语，“我曾经发过誓，要保护她一生一世，决不让她受到任何伤害，没想到现在却要用伤害的方式来保护她，多可笑啊！呵呵……”

“林萧，你确定要这样做吗？你就不怕她误会你？你就不怕失去她吗？”

“怕！爱着的人都会害怕失去吧。但对我而言，宁愿她误会我、记恨我一辈子，也不要她因为我被别人伤害!”林萧觉得头痛欲裂，在昏睡过去之前最后叮嘱了一句，“Jackie，答应我，这些话不能让晓迪知道，还有我和晓迪分开的事情，也暂时不要告诉张翼天……”

被浑身的灼热唤醒，林萧睁开眼，看见自己被“Cole Mohr”和“Ethan James”环绕着，唯独不见 Jackie 的身影。他并不感到奇怪，因为 Jackie 总是睡得比鬼晚，起得比人早。抬起手腕，“马耳他十字”显示此刻已是纽约时间上午十点半。腕表的指针机械地移动着，冷酷无情地把“一辈子都在一起”的承诺抛进时间的黑洞。他把腕表取下，放到客厅角落的立柜上，就像是要把满脑子的吴晓迪统统抹去。

林萧走进洗漱间，镜子上赫然贴着 Jackie 留下的便条，是歪歪扭扭的中文：“我今天负责照看晓迪，你自己去公司，办公室钥匙在门口鞋柜上，有事电话。爱你的 Jackie。”

你也“爱”我？连你也不放过我?!林萧撕下便条扔到一边，镜子里出现了一张三分像人七分似鬼的脸。林萧显然被自己的模样吓到，脸色苍白浮肿，满眼血丝，一夜老了好几岁。他迅速把自己打理妥当，不忍再多看一眼，匆匆逃回客厅，拿起钥匙准备去公司。

林萧走出门，电梯在右边，他却鬼使神差地向左走去。他立在门前，感受着房门背后的一片死寂，没有吴晓迪的哭闹，没有 Jackie 的安慰，就连一声叹息也没有……是的，无声才是最残忍的报复，林萧情愿挨打挨骂也承受不起此时此刻心死的沉默。这就是自己想要的效果吗？为什么心会不争气地痛得想死掉？

屋里的 Jackie 察觉到门外轻微的动静，看看身旁毫无反应的吴晓迪，并没有起身去开门。从他早上进门到现在，吴晓迪一直保持着昨晚他们离开时的姿势，无论 Jackie 做什么说什么，她都置若罔闻。

脚步声停留片刻后渐渐远去，Jackie 叹了口气，看见女孩眼角渗出的泪，一颗一颗在晨光中闪烁着，美得惊艳却毫无生气。他一把搂过吴晓迪，拍着她的后背轻轻地说："晓迪，我向你保证，我会帮你把他找回来，不管需要多久……"

吴晓迪躲在 Jackie 的胸口嘤嘤地哭起来，她听出他话里坚定的意味，她感谢这份最后的温暖，她决定，等自己哭完这一次，就把悲伤统统留在该死的纽约。

"谢谢你，Jackie，可是我想我真的该回家了……"吴晓迪泣不成声，"在这里，我的存在已经没有任何意义了……"

Jackie 把她搂得更紧一点："谁说没有？你存在的意义就是你看到的一切，没有你的存在，这一切也都不存在，你明白吗?"

"那么，如果没有我，林萧就不用那么痛苦了，对不对？……"吴晓迪停下抽泣，预示着她终于下定了决心。

"晓迪，林萧他……他有他的苦衷……"

"我知道，Jackie，所以我必须离开！立刻！马上！不是吗?"

Jackie 看到吴晓迪的目光从娇弱变回坚定，真心被震撼到："那你打算什么时候走?"

"今天!"

Jackie 并不觉得吴晓迪是在说笑，他看到她心墙上斑驳的痕迹，她是真的爱着，也是真的累了。正想着该如何劝慰，林萧的电话不期而至，要他赶去公司。Jackie 向晓迪告辞，并叮嘱说，即使真要走，也请等他回来载她去机场。吴晓迪点点头，伸开双臂给了 Jackie 一个大大的拥抱。

匆匆赶到公司，Jackie 第一次省略了敲门的礼节，闯进林萧的办公室，上气不接下气地把吴晓迪打算回国的事情和盘托出。出乎意料的是，林萧苍白着一张脸，只淡淡地“哦”了一声，然后递给 Jackie 一份财务报表，让他赶紧看看。Jackie 接过去，意味深长地说：“你真的忍心就这样让她走吗?”脸上显露比林萧更加心痛的神情。

林萧没有作答，背过身去，极力隐藏起情绪。等 Jackie 走出办公室，他狠狠地抽了自己一巴掌，起身冲了出去。他没有招呼 Jackie 开车，而是拦下一辆计程车赶回公寓。电话不接，短信不回，吴晓迪惯常的把戏这次却令林萧心如乱麻，他唯一可以确定的是，自己从来没有像此刻这般强烈地想要见到吴晓迪。

汽车在纽约繁华的街区里穿梭，走过了他每天都会走过的路，经过了他每天都会经过的橱窗，林萧突然想起晓迪来到美国的这些日子，自己竟然没有给她买过任何礼物，虽然她也没有索求过什么。于是林萧让司机在商场门口稍作停留，自己冲进商场直奔主题，找到钻戒的专柜，招呼专柜小姐拿出最贵的一枚签单买下，放进口袋。

林萧几乎是用撞的冲进屋里，满心期盼终究还是落了空。吴晓迪不知去向，只留下闪烁着无数未接来电的 iPhone 有气无力地躺在沙发角落里。好几天的报纸被整齐地叠在餐桌上，落上了一层薄薄的灰。

厨房、卫生间、更衣室、卧室，除了不见了吴晓迪，公寓里的一切都一如往昔。她的衣物鞋袜还完好地挂在更衣室里，她的牙刷牙膏还安静地躺在卫生间里，她的化妆品还整齐地摆在卧室的梳妆台上……林萧狠狠地踢了一脚床头柜，柜子发出吱咯吱咯的嘲笑声。他瘫软在床上，终于体会到绝望的滋味。

不知过了多久，林萧回到客厅，漫无目的地拿起吴晓迪的手机，却愕然发现下面压着一张字条。摊开被折了好几折的纸，吴晓迪娟秀的字迹跃入视线：

林萧，我回去了，回到我应该存在的世界里。我不要再做你的包袱，不要你为我烦恼，不要再跟你争吵，也不要再等你了。你曾经说过，就算给不了我幸福，也要守护我一辈子。可是你知道吗？你定义的爱情太伟大，而我平凡的生命，只承受得起正确的爱情。而我们，或许都出了错吧。还是要谢谢你，谢谢你在我的心墙上留下了生命里最灿烂的一笔！

P. S. 可能是最后一次了，给你做的菜都放在冰箱里，不知道你还会不会喜欢它们的味道。

林萧任由眼泪在面颊上滑落，把信上的字看过一遍又一遍，心底掀起的惊涛骇浪，久久难以平息。他颤抖着走进厨房，拉开冰箱，一碟碟菜被包裹在保鲜膜里，像叠罗汉一样堆满了整个冰箱。林萧的眼泪再一次夺眶而出。他把所有的菜都拿出来摆在餐桌上，按照晓迪往日的习惯，面对面摆上两套银质餐具。和平时一样，他坐在左侧的位置，右侧留给晓迪，而此时，对面却空无一人。林萧夹起各式各样的菜，也不管这些东西还寒气直冒，机械地往嘴里塞，只是，除了眼泪的苦涩，再吃不出别的味道。就这样一刻不停地，直到胃一阵绞痛，他才终于停歇，冲进卫生间狂吐一气，倒在马桶旁恸哭起来。

而这一秒我们没来得及说出的话，和被误读的际遇，注定将被时光掩埋，从此两心相离，各安天涯了。

“你终于醒了!”林萧从浑浑噩噩中清醒过来，胃里一阵灼烧。守在一旁的Jackie叹了口气接着说，“你怎么没把自己淹死在马桶里?”真是好冷好冷的冷笑话，林萧皱了皱眉，苦笑，忍着胃痛从沙发上翻滚下来。满桌满地的残羹冷炙，毫不留情地提醒着他，他就这样轻易地弄丢了一个人。

林萧抬手拍了拍Jackie的肩膀：“她走了，或许是件好事，长痛不如短痛。”掩饰不住的无奈，是对命运的妥协，甚至是认输。Jackie刚要开口回应，却被林萧抢白，“我没事。今天是不是还要去公司开会?你也回屋准备一下吧，一会儿楼下见。”于是Jackie悠悠地往外走去，丢下一个“懒得理你”的背影给林萧。

林萧走到硕大的落地窗前，向Stern的方向投去最后一瞥，发现生活的真面目已然容不得他有片刻松懈，握紧的双拳渐渐松开，林萧迅速打理好自己，整装待发，做出迎战的姿态。

再熟悉不过的阴郁的办公室里，张翼天神色凝重地盯着林萧，若有所思。林萧按部就班地汇报完近期的工作，合上文件夹等待对方发话。两人各怀心事，办公室难得一片沉默。良久，张翼天才幽幽地开口：“林萧，这段时间你已经逐渐进入状态，公司的情况你应该也很了解了，我在想，接下来放手让你独立运营一些事务，实战一下，你看呢?”

“张总，我没问题，看您安排，我会尽力而为的。”林萧极力压制着心中的厌恶，换上言听计从的面具。

张翼天背过身，不让林萧看到他嘴角扯出的冷笑：“那就好。其他倒没什么了，不过，有件事我不知道该不该问……”

“您尽管问吧。”

“听说，吴晓迪回国了，是吗?”

林萧一时无言以对，虽然早料到张翼天会知晓，但着实没想到竟会这么快，Jackie 的工作做得实在是太到位了。“是，我们吵架了，她回去了。”

张翼天深叹一口气，把头靠在椅背上，仿若自言自语：“成事不足败事有余……”

身后几尺之遥的人并没有听得很详尽，只是隐约感觉到前方溢出的阵阵寒气。“您刚才是说……”林萧追问，试图确认自己刚刚听到的只言片语。

“哦，没什么。”张翼天转过身来，换了副声线，“我是说，终身大事不是儿戏，你们年轻人总是这么没心没肺的，以后怎么办?”

林萧苦笑，话虽这么说，但你张翼天，真把我林萧当三岁小孩吗？如果说你把我当作棋子，甚至是替罪羊，那么，吴晓迪顶多只是工具了吧。

见林萧不说话，张翼天也不再多言，站起身拍了拍林萧的肩，颇有点节哀顺变的意思，只是不论如何伪装，也掩饰不住他掌心透出的威胁感。

好一场心知肚明的暗战。

林萧从他办公室逃出来，Jackie 赶紧迎上前接过他手中的文件夹，用目光投去关心：“没事吧?”林萧耸耸肩，僵硬的身体总算放松下来。尽管 Jackie 的所作所为已经令他从心底防范有加，但从另一个角度来讲，他对自己也很重要。

遗忘

第七章

生活仿佛回归到最初的清纯模样，对你的牵挂，我已认定该是日复一日地在淡去，总有一天将会忆不起。

醒来，世界的另一端，病房里出奇的静谧，只有泪湿的枕头透着凉意。冰冷的白色与刺鼻的消毒水味道趁着此刻空无一人，肆意嘲弄着病床上毫无生气的躯体。吴晓迪用尽气力抬眼向窗外望去，总算看到迎风摇曳的树木枝条，这才确定自己终究还是活了过来。仿佛就在上一秒钟，自己还存在于另一个时空，那种绝望就像在等待死亡，是永生难忘的。脑子里一片空白，只依稀映刻出行尸走肉般跨越千里的幻影，也不曾知道“死”过之后能不能抵达这场禁忌游戏的终点。幸而命运动了些许恻隐之心，还是把她完整地送回了原轨，连记忆都是悲怆而完整的。

然而，对于吴晓迪而言，这样的完整未免过于戏谑和不幸。她深深地记得这一个多月来所经历的点点滴滴，清楚地意识到接下来自己将要面临的困境，更严重的是，从“活”过来的那一秒起，她就开始想念林萧。

有人没有敲门便走了进来，轻手轻脚生怕吵到病中的人。秦淮显然没有察觉到吴晓迪已经醒来，更没有看见朝向窗外的泪流满面。他在病床的另一侧坐下，抬手把她稍显凌乱的被角轻轻掖好。

吴晓迪轻轻回过头来，秦淮！吴晓迪瞪大眼睛，想要努力看清那个人的脸，以驳回自己荒谬的猜想。

“你这是什么表情?”秦淮凑近了一点，好让那双迷茫的眼睛看清楚一点。

吴晓迪失望地叹了口气，为什么不是爸妈？不是佳贤？为什么偏偏是这个家伙！“你怎么会在这里的?”她忍不住问。

秦淮笑了笑，把她的腿往里一拨，随意地坐在了床边：“这你都没看出来?”他挑了挑西装领口，“听说你一回来就被抬进了医院，下了班就顺道过来看看你呗。正好换你妈妈回家休息休息，你还不感谢我?”

“我又没让你来，有什么好感谢的。”吴晓迪有气无力地说。

秦淮从桌上取来温水和棉签：“好吧，那我就先记在账上，等你好了再算吧。你昏迷了好几天，刚醒过来还不能喝水……”说着，轻轻地在吴晓迪起皮的唇上抹了几下。

意识停顿五秒钟，吴晓迪觉得异样，把头侧向一边。秦淮放下手里的东西：“晓迪，那个案子的事情你就放下吧，先把身体调理好，别让家人太担心。”

吴晓迪转过头，眼里满是捉摸不定，刚要开口说些什么，却被一只冰凉的手指压住了唇：“少说话，多休息。我知道的，有什么消息，我会及时告诉你，放心。”一如既往淡然的口吻，谁又能了解这背后是怎样的纠结？

吴晓迪察觉到秦淮眼中温暖的光被熄掉，又变回世界末日的表情，令她只有招架之功而无还手之力。正在尴尬的时候，方华拎着水果从门外进来，看见秦淮一点也不惊讶，倒是被怒目圆睁的吴晓迪吓得“啊”地大叫一声。

“妈，拜托你小声点，这里是医院欸。我醒过来有那么可怕吗？每次都这样。”吴晓迪往门口方向瞥了一眼，想看看有没有倒霉的医生冲进来。

“对不起，对不起，是不是打搅你们了？哈哈。”老妈把水果放到床头柜上，转过身对秦淮说，“你也早点回去休息吧，我来看着她就好。这几天真是麻烦你啦，等晓迪好些了，到家里来吃饭吧。”

“阿姨，晓迪是我朋友，关心照顾她是应该的。叔叔出差估计还得有几天才能回来，有什么需要我帮忙的，您就给我打电话。”秦淮客气地说。

这是什么状况？麻烦他好几天？老爸出差？我差点活不过来了他还出差？吴晓迪心里堵着一口气，见秦淮退出病房，立马对着老妈喷了出来：“妈，秦淮工作那么忙，你们怎么能这么麻烦人家呢？”

“还不是你老爸，你刚入院就接了个电话，然后就说要出差。你也知道的，他一出差，我是休想找到他。我一个人怎么忙得过来？”老妈走上前把晓迪扶起来坐着，“正巧前几天佳贤给家里打了个电话，我就告诉她你刚回来，身体不太好住院了。佳贤那姑娘真不错，马上就请假过来看你。你猜怎么着，秦淮也一起来了，一聊才知道，原来秦淮是她现在的领导呢。你说这个世界是不是很小？呵呵！秦淮听说你爸不在，这几天就常过来这儿帮我忙，晚上还跟我轮班守着你。”

他刚才不是说自己下班才来的吗？为什么要骗我？捉弄我很好玩吗？无厘头的小性子再一次占了上风，吴晓迪噘起嘴不愿搭理方华。

方华没有看出吴晓迪的小心思，自顾自地继续说着："晓迪啊，我看秦淮一表人才，对你也挺上心的，难怪你爸那么喜欢他，呵呵！要不你就认真考虑一下？你不是一直都挺喜欢律师的吗？"

"妈，我是喜欢律师这个职业，不是喜欢做律师的人，你说两个律师凑到一块儿，吵个架都得多死好多脑细胞，累不累啊！"吴晓迪最受不了方华的唠叨，觉得比紧箍咒还恐怖，尤其是当她对某一件事物表现出别样的关注之时，一定要在一开始就狠狠遏制住。

吴晓迪说着，重新把自己埋进被窝里，一把拉起被子盖过头顶。方华无奈地摇摇头，坐在一旁整理起衣物，任由晓迪赌气去。吴晓迪躲在黑暗里努力使自己平静下来，努力让自己再睡过去。她想念林萧，想念他手掌轻抚自己头发的温柔，她有好多话要告诉他，还有好多话要问明白，她快被心里的巨石压得喘不过气来了。

年轻总是好的，摆脱了现实直白的折磨，吴晓迪的身体恢复得异常迅猛。略过了主治医生"留院观察"的要求，吴晓迪单方面向父母宣布了"病愈"出院的决定。父母拿她没有办法，只是要求她在家安心休养，不许再跟林萧有任何联系。

面对父亲的关心，吴晓迪回报以微笑，默默地点头，谁也体会不到此刻她心被蜇痛的感受。不是因为不懂而难过，只是因为太懂才会痛。身边每一个人的用心，包括林萧，她吴晓迪怎会不明了？接受父母的建议除了客观上需要静心休养，主观上也是不得已而为之。

父母刻意地东拉西扯着，吴晓迪无心应对，索性懒懒地翻过身假寐，不一会儿竟真的沉沉睡去。恍惚中觉察出来，一只手缓缓停留在自己身旁，小心翼翼地勾起她的手指，顺势再把整个手握进了掌心。

这样的温度，和林萧是那么不同。林萧的手心，总是为自己保留着蛮横无理的空间，而此刻传递到身体里的，却有着从未感知过的柔度。吴晓迪尽力控制着情绪，琢磨着要怎样应对，背后的人竟先开了口：“晓迪，为了身边所有爱你的人，快点好起来吧。什么都不用怕，我会一直陪着你，保护你，只要你愿意。”

眼泪，是不一样的味道。

正当所有暧昧和矫情都恰到好处的时候，却被一阵不知趣的聒噪声无情打破。老爸老妈一路吵闹着撞进了病房。吴晓迪感觉到那只手紧张地收了回去，竟在心底默默叹了口气，继而连自己都惊诧了。

见到满面通红的秦淮，两位长辈立刻停止了口舌之争，反倒相视一笑，齐齐做出心领神会的表情来。话说律师的脑电波通常都比常人更稳定，这一点在秦淮身上体现得淋漓尽致。他镇定地起身让座打招呼，礼貌而自然。

吴愈朝病床看了看，用唇语问秦淮说：“醒了吗?”见秦淮摇头，便松了一口气，接着说，“晓迪这身体估计还得调养一段时间，麻烦你这么久，真是谢谢啦!”

秦淮赶紧摆手：“没有没有，晓迪也受苦了，尤其是林萧那个案子……”然后，话未出口便被吴愈打断：“林萧的事情，尽量别让她上心了。以后她要跑去问你，你就说这个案子你不接了，知道吗?”

“知道了，这个您放心。不过，林萧真有问题吗？最近很奇怪，翼天那边好像停止了所有商业活动。”

“可能是有所察觉吧，现在还缺乏最直接的证据，这种案子总会折腾很久的，静观其变吧。”

……

两人未曾知道，这寥寥数语就像利刃一般在吴晓迪的心墙上胡乱刻画，把刚刚还在经历的“柔情蜜意”劈得四分五裂。吴晓迪甚至可以想象出秦淮此时此刻面无表情的面孔，和刚刚那个温暖投影相去甚远，如此想着，后背不禁冷汗津津。

吴晓迪略微侧过些身体以做提醒，果然，说话的人转瞬结束话题，围了上来。

终于离开冷冰冰的医院，回到温暖的家。吴晓迪在屋里游荡，一个月前在这里所发生的一切，俨然已是上辈子的事情，触景伤情也好，烟消云散也罢，重新回到闺床的怀抱，心中难免五味杂陈。

从今天开始，要换个活法，你再也不是以前那个没心没肺的吴晓迪了。

是什么在响？吴晓迪循声望去，桌上怎么会有一支手机?！是老爸打来的！她接起电话，那头传来父亲温柔的声音：“晓迪，其实这支手机早就买好了，你把手机摔掉的第二天，我就去给你补办了卡，结果……唉，算了，不说了，就当是这次给你的出院礼物吧，你别一生气就乱摔啊！你这脾气什么时候能改改啊！这个手机我跟你妈研究了半天也没整明白，反正以前的号码都没了，只暂时帮你输入了我们的电话，剩下的你就自己想办法找回来吧。另外啊，你以前用的那个叽叽歪歪的铃声，本来也想帮你弄来着，可我跟你妈一句词儿也没对上，听了这么久，也不知道唱的是什么……”

“老爸……”吴晓迪在这头早已泣不成声，思绪紊乱，语无伦次，“老爸，你不是还有佳贤的号码吗，回头记得给我。那首歌是《蜗牛》，周杰伦的，我有在 KTV 唱给你们听过的哦。晚上早点回家，我要跟你不醉不归……”

“女儿啊，你不归还想去哪里?”看来老爸逻辑性也很强。

“呃，不是，是一醉方休!”挂掉电话，吴晓迪卧倒在床上，以她最爱的姿势，拥抱自己的世界。

“嘀嘀嘀——嘀嘀嘀——”吴晓迪被接二连三的短信叫了起来。

“CA981，首都国际机场13：00起飞。对不起，我爱你。”

“已到。心安。”

“我错了。想你。”

“新号码212－252－7799。想你。”

“原谅我好吗？想你。”

“想你。”

“回答我。”

……

原本还沉浸在温柔回归中的吴晓迪面对迟来的信息欲哭无泪。上帝为什么总喜欢开这样天真的玩笑？为什么他非要像一只幽魂无处不在?!

吴晓迪玩命地从床上跳下来冲到厨房：“妈，你掐我一下，快!”

“你傻了？我掐你干吗?”老妈放下手里的菜刀，在围裙上擦了擦手，时刻准备着。

“没！我就是……你快掐啊……哇，疼死了，你下手要不要这么狠啊!”吴晓迪丢下一头雾水的老妈，一个箭步冲回闺房，将门反锁。知道疼了吧！知道要清醒点了吗？吴晓迪极力控制着自己的情绪，把枕头摔了几百遍，好歹保住了新手机。

吴晓迪把自己关在闺房一整个下午也没理出个头绪，直到吴愈下班回家，才不得不心事重重地走出来。

吴愈瞅着女儿状态不对，赶紧拉着她妈走到角落里："这是怎么了？上午不是好好的吗？怎么刚出了院就发病了？"

"不知道啊，下午突然冲出来让我掐她一下，我承认我刚才是掐狠了点，不过也不用记恨成这样吧？"方华说着，回头看了吴晓迪一眼。

"好了，爸妈，饿死了，快吃饭吧。"女王发话。

为了缓和气氛，吴愈有一搭没一搭地跟女儿闲聊起来，从手机款式到手机功能，从手机信号到手机铃声，吴晓迪一边应和，一边琢磨着怎么说服父母，好半天，终于开口对吴愈说："老爸，马上要开学了，我想搬到学校去住，安心看看书，你觉得怎么样？"

吴愈刚咽了一口饭，差点没被噎到："你又想干吗？又想找机会逃跑吗？"

"您想哪儿去了，我是觉得这些日子太折腾了，想好好准备下。"吴晓迪嘴上辩驳着，心底颤颤。

"是该准备准备下学期的功课了，还有司法考试，你别忘了！不过，你身体刚恢复些，还是在家先调理下吧。"吴愈和颜悦色地说，语气却是毫不退让。

"我在家才会憋出病来呢。我今儿都触景伤情了，您没感觉到吗？……"吴晓迪慢悠悠地说着，这一招一定一击即中。

出奇制胜。果然，吴愈眼中闪过一丝犹豫："你如果真想去学校收收心，我帮你联系联系，选个好点的宿舍和床位。但是，你必须答应我，至少每两天回家一次，知道吗？"

“吼吼，老爸万岁！”

“也就是你，有这样的老爸。赶紧吃，晚上早点休息。”

似乎又回到了当初林萧突然离去的那些日子，没有电话，没有信息，没有任何联系，然而却是不同的心境。

眼不见心不烦，就这样直到开学前的大半个月，生活仿佛已经回归最初的清纯模样。除却独自一人时对于林萧的无数思念，以及秦淮时不时发出的“诡异”邀约，吴晓迪对周遭的状况俨然已万分知足。对于林萧的牵挂，她也认定该是日复一日地在淡去，总有一天将会忆不起那张脸庞。

如果说有些事的慢慢淡去是吴晓迪想要的效果，那么，有些人的存在感日趋明显却令她哭笑不得。

毫不怀疑，自从吴晓迪回来之后，秦淮无奈地进入了心不在焉的状态，每当见到佳贤的身影，他总忍不住联想起晓迪来，嘴角不自觉地浮出笑意，然后就此发呆一整个下午。偶尔地，他会拿着关于林萧案子的最新消息，以此为借口邀约佳贤和晓迪。

约佳贤很容易，无非是下班顺路之类的借口，然后旁敲侧击打探些晓迪的近况。无奈碰到的是个难得的百分百的完美闺密，不是跟他打太极，就是话锋一转把他带沟里，每次 happy ending 之后才发现，自己像个大男孩一样傻傻地分不清楚。

至于晓迪，想要见上一面却总是被电话那头柔软但坚定的声音匆匆回绝。“对不起，我没有时间。”“不好意思啊，我身体不太舒服。”“实在抱歉，我要准备开学的东西。”

天秤座的人，总有事不过三的习惯，这也是秦淮暗自给自己定下的原则，于是在被“对不起”三次之后，他决定再做最后一次尝试。而对吴晓迪而言，三次婉拒的借口她自己想起都只能摇头，当她看到秦淮的名字第四次悲壮地出现在来电显示里时，下定决心，给了他一个足够强大而合理的借口。

“对不起，秦淮，我真的不想知道关于那个人的任何一点消息，拜托了!”刹那间，吴晓迪有种错觉，这并不是自己刻意编造的谎言，倒像是心底潜藏已久的独白。

再一次被拒绝，秦淮颓然地放下手机，对着面前的电脑自语：“傻小子，别妄想了。”他站起身走出办公室，出了门口却不知道该向左或是向右。侧身而过的同事随口问了句“去厕所啊”，他茫然地“啊”了一声继而走向洗手间。

事务所的镜子足够多也足够大，尤其是洗手间。秦淮并没有某种欲望，只例行公事一般完成着规定动作，然后随手打开水龙头片刻又关上。脑海中反复地回响着刚刚吴晓迪的话语“对不起……我真的不想知道关于那个人的任何一点消息……拜托了”，如此默念大概五十遍之后，秦淮突然哑然失笑，把刚巧进来的同事吓了一跳。他定了定神，尴尬地摆了摆手，迅速折回办公室。

他一边走，一边兀自想着：“吴晓迪，我有足够的时间等你，等你忘掉那个你不愿再记起的人。”

新学期的到来，出乎意料的安静。吴晓迪淡漠地走在熟悉又陌生的校园里，比起两个月前，又多出几分冷艳。她早已习惯被各种羡慕嫉妒恨的目光所萦绕，校园也已习惯了有她存在的美好清晨，即使偶尔还会有初见她的新生一边看着一边撞上了电线杆！

同届毕业的大多数人都选择了步入社会，继续留下来的除了本研连读的几个怪咖，剩下的认识的同学屈指可数。朝夕相处四年的朋友们注定将渐成过客，亦不晓得以后还有没有交集，想起来，似乎没有什么能比所谓的命运更冷酷了吧。

去往研究生宿舍的路上是要经过体育场的，于是原本已经模糊的片段又被强硬地拉扯出来。吴晓迪竟有些失落，不只是想起林萧，连同甜腻的卓佳贤也一并想念了。这个女人，这几天也不晓得怎样了，还被秦淮“骚扰”吗？一天到晚在忙什么呢，连个短信也没有！想着，吴晓迪拨通了卓佳贤的电话，还没开口，那边就“哎哟喂”起来，晓迪把手机拿远了一点，好让耳膜免受刺激。

佳贤的声音听起来很是亢奋，和吴晓迪阴郁的心情天差地别：“亲爱的，人家转正了，刚刚签完正式合同，正准备给你打电话，你就打来了，真的好有默契哈！”

总归是好消息，晓迪心里也替朋友开心：“恭喜恭喜啦，等拿到第一份正式薪水，记得请我吃饭啊！”

“那还用说吗？真得好好感谢你才行，要不是你和秦淮认识，我不被他折磨死就不错了，怎么可能提前这么久转正啊！不是我说你，晓迪，你真够绝情的啊，秦淮对你不错，你脑子怎么想的?！别想着我们还年轻，还有大把时间挥霍，要知道现在遇见个男人不花三年五载基本上是检验不出真心实意的！”佳贤话锋一转，也不知道是在唠叨晓迪还是自己。

吴晓迪心底隐隐被触动，继而扯起嘴角，直觉告诉她，某人几乎是要沦陷了：“不会吧，你这是要闹哪样啊？你忘了之前你跟我扯着嗓子喊那人有多变态了?”吴晓迪嘴里咒骂着，嘴角却闪现出一抹诡异的笑。

佳贤甜甜的笑声传过来：“或许这就是所谓的日久见人心吧。吴晓迪，你真心不要的话，我就要行动咯!”

原本就没有什么心思嬉闹，听到佳贤这么半真半假地说，心里重又泛起一丝落寞。随意敷衍了几句，挂上电话，有种不爽情绪，只是不爽而已。

研究生的生活比本科的要自主许多，再加上对校园过于熟悉，仿佛闭上眼睛都能看到每个角落里曾经和正在发生的故事情节——一切对于吴晓迪而言实在太没新意，于是也根本招惹不起她丝毫的悸动，当然，那些曾经能够招惹起阵阵悸动的和风细雨与情深意重，也已成为过往，即便只是两个月的间隙，就残败如渐渐枯萎的夏日。

吴晓迪深吸一口气，换了个胳膊，揽着几本专业课课本继续往宿舍走去。新宿舍是标准两人间的“定制”房型——如果学校可以提供“豪华大床房,”估计吴爸吴妈绝对不会勉为其难让吴晓迪跟别人合住的，就算宿舍对她而言只不过是课间休息或偶尔午休的地方。说来也巧，新宿舍不仅被安排在顶层，阳台偏偏还正对着寂寥的体育场。

回到宿舍，晓迪习惯性地翻开笔记本电脑，看了看时间，距离下午第一节课还有好几个小时。重新打开荒废已久的博客，荒废已久的微博，荒废已久的空间……原来两个月前的吴晓迪是个那么快乐的女孩，别人看不见的快乐，只有一个人懂的快乐。然而，这一切重又出现在眼前时，却好像一出荒诞戏剧。

吴晓迪顺手打开邮箱，无奈满眼净是广告，她机械地一封封打开关闭再删掉，像是要彻底清理出一片纯净天地来。忽然间，似乎想起了什么，她神经质地咬了咬唇，指尖颤颤地轻敲键盘，荧幕瞬间切换到另一个邮箱。

潘多拉的魔盒总是在无意间被开启。

秦淮从桌上拿起佳贤的正式合同看了看，摇摇头又放下。他并不是觉得佳贤不够优秀，达不到正式助理的标准，只是在嘲讽自己，平日里举着公正严明的旗帜，私底下还不是儿女情长英雄气短。

突然想起面试佳贤前的某一天，他一到办公室就看到桌上放的简历，据人事部门的同事解释说，这位求职者死皮赖脸地每十分钟就打来电话问一次自己是否能得到面试的机会。秦淮只瞟了一眼简历上的照片——甜甜腻腻的，似乎和这个冷血职业完全不搭，却又不可或缺。不过渐渐地，领教了佳贤深藏不露的自信和执拗，才发现"人不可貌相"这句话更适合用在女性身上。话说回来，给她提前转正，除了试用期表现优秀之外，自然是醉翁之意不在酒的。

秦淮长吁了一口气，像是做了坏事的小孩，顺利地逃脱了惩罚，心里生出某种难得放肆的快感。他定了定神，打开电脑，准备查阅一下翼天案件的新进展。说来奇怪，翼天最近的各种业务往来都出奇的正常，似乎找不到任何违法的蛛丝马迹，显然对方已经嗅出了异样，接下来的调查势必将进入尴尬的僵持阶段，如果在一段时期内无法继续得到有力的证据，说不定调查就要被迫暂停掉。

正琢磨着，手机突兀地叫嚣起来，来电人的名字让秦淮的小心脏差点没停掉。他绷直了腰身，清了清嗓子，努力把自己的状态调整到正常频道："喂，晓迪，什么事?"是刻意不让对方洞察出心绪而硬装出的淡漠。

"嗯，那个，秦淮，晚上有时间吗？想跟你聊聊。"晓迪也不寒暄，直言不讳地发出邀约。

吴晓迪直呼了“秦淮”的名字，这倒让名字的主人尴尬了，一时间搞不清楚状况，只隐隐觉察出这话里潜藏的不安征兆。“就我们俩?”话一出口，秦淮肠子都悔青了。

“嗯，很重要的事!”电话里的声音听起来没有半点玩笑抑或浪漫的意味，俨然，这场约会的基调被严格定义在了“非男女交往”的范畴内。

因为一通突如其来的电话，好好的明媚下午被毁于一旦。越是临近下班，秦淮越是坐立不安起来，似乎还略带一些小兴奋。时钟指针还没来得及做出指示，他已经蹿出了办公室，匆匆交代了佳贤几句，绕过电梯，往楼下奔去。

从事务所到“约会”地点说远不远说近也不近，不堵车很快，遇上下班高峰期就是死路一条。眼看着目的地就在前方一百米，秦淮“娇小”的宝马 130i 却被成功地围堵在了路中央！若是往常，秦淮定会摆出随遇而安的心态，难得马不停蹄的生活趁机慢下来。今天却决然不同，是多等一秒心就会少跳一下的感觉。秦淮不住地往外探视着，前方车流丝毫没有谦让的意思，他拨通吴晓迪的电话，“堵车”两个字刚一出口，便被吴晓迪抢白：“这样吧，你告诉我你大概在哪里。我刚下出租车，准备走过去的，我去找你，我们车上聊也可以的。”

秦淮对吴晓迪这样的表态无言以对，好不容易等来的“约会”，就算不够暧昧，也不至于要这么落魄吧！还没等他自怨自艾完毕，一位藕白色佳人从街对面飘然而至，在众人一路目送中优雅地坐到 130i 的副驾驶上。他突然发现，认识吴晓迪这么久，还是第一次见到她如此温婉的模样，与初识时的那个简单傲慢的女孩判若两人，丝毫没有过渡地，瞬间成熟起来了。

吴晓迪见秦淮直盯着自己看，感到脸上渐渐起了微热，便转头朝窗外望去，嘴里说了句：“喂，看够了没有？”秦淮扭过头，意识到自己的失态，只好讪笑着说：“好吧，居然抢我的台词！”

吴晓迪没有接下去，略有所思地看了他一眼，继而从包里拿出一沓文件递过去：“就是想给你看看这个啦。”

秦淮腾出一只手接过文件扫了几眼，眼珠子差点没掉出来，说话也有点不利索了：“那个，你是、你是从哪儿弄到这些东西的？”

“告诉你也没关系，我能进到林萧的邮箱，我知道密码……”晓迪喃喃地说。

“可是，晓迪，你不是说不会再碰这件案子了吗！你没有必要把自己绕进去，你难道不懂吗？”是急迫的语调。

吴晓迪微微扯起嘴角：“当然懂，秦大律师，要不然我今天找你干吗？还特意绕过佳贤，不就是为了把这些东西拿给你吗？我才没工夫去调查呢。”话虽这么说，心底却隐隐作痛，把这些材料交给眼前这个人，之于林萧，到底是背叛还是救赎？但是有一点或许毫无疑问，拯救是必须要付出代价的。

“晓迪，我希望出了事务所，你能把我当作朋友。”秦淮把文件搁在她手边，收回目光定定地望向前方，才发现窗外不知何时飘起淡淡雨丝，“这些东西你拿回去，我会当从来没有看到过，你放心！”

“什么意思？你们不正需要这些吗？为什么要我拿回去？”吴晓迪不敢相信自己的耳朵，侧过一点身子来。

“因为这么做，你会痛，而我，作为朋友，不想让你受到任何伤害。”

沉默。持久的。

似乎是为了让两个人不至于过度尴尬，路上车流总算松动起来。秦淮一边启动车子，一边试探着问："还没吃饭吧？要不……"

"我累了，送我回家吧。"吴晓迪抢白道，一点面子也没留。

不知道为什么，在吴晓迪面前，秦淮无论如何也摆不出铁面律师的架子，只能乖乖听话。

车子一路向北，吴晓迪兀自望着窗外一言不发。秦淮忍不住伸手打开CD，一曲《私奔》又似乎太不合时宜，只好顺手又关掉。车内空气仿若凝结成霜，而周遭的嘈杂陡然尖锐，直往耳朵里钻。

好不容易熬到目的地，秦淮终于松了口气。他轻车熟路地把车稳稳驶入晓迪家楼下的车位，扭脸看了看旁边的人，还是一副失魂落魄的模样。雨打在挡风玻璃上，滑出深深浅浅的痕迹，就像正从某人心上掠过的眼泪。

猛然地，秦淮揽过晓迪的身体，在她右肩上狠狠地咬了一口。吴晓迪"啊"的一声惨叫，原本就摇摇欲坠的液体趁机倾泻而出，毫不留情的那种："你干吗！"好痛，痛得都忘了该要先哭还是要先推开这个不知好歹的残忍的拥抱。

秦淮依旧紧紧地抱着，没有要放开的意思："别动。很痛吧？"吴晓迪把下巴抵在他肩上憎恨地点点头，越是想把他推开，却越是被抱得更紧。"听着，这个世界上，没有什么痛是忍不住的，也没有什么伤是好不了的，你信不信？现在，我再咬一次，这一次，你不许叫，也不许哭，忍住，听到了吗?!"是命令的口吻，不容置疑。

没等她回应，秦淮又是狠狠一口下去。同样的位置，更深的痛。

真的。很痛。吴晓迪眉头紧锁，没有眼泪也没有叫嚣，只把头深深地埋进身前的胸口。而后，身体被缓缓放开，一只大手从肩头拂过，手心的温热代替了痛楚传到体内，无意间留下了一些印记。

秦淮揉了揉晓迪凌乱的长发，虽然他并不知道这是眼前的女孩最爱的亲昵，笑了笑：“看，我说得没错吧？”

或许吧，秦淮，或许你说得没错，这个世上没有忍不了的痛，没有好不了的伤，但，这并不代表，伤痛可以忘记！

秦淮婉拒了晓迪礼貌性的邀请，目送她走进门厅后便开车离去，然而就在拐过楼角的刹那，后视镜里若隐若现出一个身影，是那么渺小而熟悉，让他心里微微一颤，再想多看一眼，却又寻不着了。秦淮自嘲地摇摇头。

晓迪木讷地往里走了几步，突然觉得哪里不对劲，四下看了看又毫无头绪，叹了口气进了电梯。刚走进家门，瘫软在沙发里，手机就不识时务地狂吠，平日里温温柔柔的“梁静茹”好像忽然焦虑起来。有气无力地摸出来一看，是卓佳贤，这样至少可以毫不掩饰内心的疲惫：“嗯？怎么了？”

“那个，亲爱的，你和秦淮在一起吗？”佳贤的声音听起来有点飘忽不定，“他今天走得好像挺着急，看他那么兴奋的样子，我想，应该是找你去了吧。你别误会啊，只是他下班交代我的事情出了点状况，我打电话他没接……”

吴晓迪看了看手边的文件，心里犹豫着要不要跟佳贤“坦白”。如果承认自己跟秦淮刚刚分开，那不可避免地需要给出一个合理“动机”，但是，针对这些文件秦淮已经“警告”过自己，再透露给佳贤的话，一旦被他知道，显然会有被“碎尸万段”的可能……换个角度想想，“被爱情冲昏头脑”的女孩，尤其是“被爱情冲昏头脑”的聪明女孩，谁也招惹不起，万一佳贤误会了怎么办?!

“亲爱的，我好久没有见过秦淮了啊。你又不是不知道，我躲他还来不及呢！”吴晓迪假装镇定地说，见对方没有反应，生怕她不相信地补上了一句，“刚好有点不舒服，我在家躺了一天了。”

“好吧，那你好好休息吧……”低沉而落寞，依旧甜美的声线，一句话惹得两颗心乱了节奏。吴晓迪被这一席没头没脑的话打乱了阵脚，毕竟是多年的死党，总觉得哪里不对劲，她从沙发里坐了起来：“佳贤，你是有什么事情吧？你怎么了？”

“没有啦，你想多了，我得去找秦淮了，先这样吧。”卓佳贤匆忙挂断电话，若是再多一秒的迟疑，她真不知道自己会说出什么话来了。此时的她，读不懂自己的心。

于她而言，如果吴晓迪选秦淮，并不是无法接受的事实，她更在意的或许是朋友间的刻意隐瞒。握着手机的手带着些许颤抖，佳贤望向对面六楼的窗户，不哭不闹地自言自语：“其实一直以来我都很纠结，有你这么一个太过优秀的朋友我该是骄傲还是自卑呢？你家境比我好，人比我漂亮，又努力成绩又好……所以，我不敢怠慢，一分一秒地紧随在你身后，付出比你更多的努力和代价，好让自己觉得有资格跟你站在一起。有时候我也觉得委屈呢，你懂吗？或许之前我都高估了自己，一度以为我们真的是无话不谈的朋友，直到今天我才知道原来只是我一厢情愿罢了。我只希望，你不要像欺骗我一样欺骗秦淮，更不要伤害他！”

卓佳贤的异常让吴晓迪心怀忐忑，又莫名带着点心痛的意思，虽说这突如其来的状况或许只是误会，但吴晓迪此刻的确无所适从。转念想起一整个傍晚的事情，她竟然呜咽起来，不说话，只是哭。

办公桌上的电子日历每天都在提醒着林萧，吴晓迪离开后的日子又平淡无奇地增加了一天。已经是第四十五天，整整一个半月，没有电话，没有短信，没有微信……做一个庸俗的类比，吴晓迪就好像断了线的风筝，被风刮跑得无影无踪。

林萧望着电脑屏幕叹了口气，准备按部就班地开始工作。是的，是开始——工作。自从晓迪离开后，林萧就像是变了一个人，不仅每天准时到公司上班，并且一坐就是一天，一日三餐都是Jackie出去买回来，等他吃完再收走。他像着了魔一样对公司事务亲力亲为，不允许自己错过任何细节。

收发邮件通常是大多数职场中人每天工作的序幕，林萧也不例外。机械地打开网页，输入密码，登录邮箱——“异地登录警示!”惊心动魄的一行红字跃入眼帘。林萧不自觉地眉头紧锁，用鼠标点开警示，是一串被系统记录下来的IP地址。

有了IP地址，大致位置很容易锁定，正如林萧所料，毫无悬念地，世界上对这个邮箱感兴趣又能一次性“破解”如此复杂密码的只有一个人。林萧突然觉得身体里多出了些活力，似乎是因为某些事情比他之前预想的更加有趣。

他很清楚，吴晓迪登录这个邮箱无非出于两种目的：一是想要怀念一个人；二是想要追究一件事；更多的可能是，两者兼有之。

金灿灿的光透过玻璃晃了屋里人的眼。他起身走到窗口，准备拉上百叶窗，偶然发现落在身上的热度已经悄然退去浮躁，带着夏末秋初的柔和。立定片刻，闭上眼，嘴角是淡淡上扬的角度。

不合时宜的敲门声让林萧心中泛起小小的埋怨，却又不得不坐回原位。Jackie愁眉不展地进来，把一沓文件放到桌上：“别忘了十点开会，这是会议材料。”

“好的。”林萧接过文件，抬眼看到Jackie犹豫的眼神，“怎么了?”

“好久没有晓迪的消息了，你们……”Jackie欲言又止。

林萧心里直觉异样，自从上次差点跟张翼天翻脸以来，Jackie似乎也察觉到了自己对他态度的转变，几乎再没主动言及过吴晓迪的事，今天竟这么凑巧。

当然，虽然的确是对Jackie多出了几分提防，但潜意识中，林萧至少还愿意相信，Jackie是不会伤害自己的。于是他叹了口气，更像是自言自语地说：“不是我们，是我和她。我好不好没关系，只希望她能安稳生活，所以，不再打搅她或许是最好的方式吧。”

Jackie摇摇头，从那双眼睛里能看出他略有所思，却又不愿多言半句。

十点的会议准时进行，据说很重要，所以与会员人很少——张翼天、林萧——由此可见，的确很重要。至于会议内容，其实对于双方而言都是心知肚明的事情。近一个月来由于各方面咄咄逼人的压力，近日甚至连香港方面也开始介入盘查，翼天旗下几个公司几乎停掉了所有商业往来，再这样下去，就不是经济损失的问题了。

“那我们现在该怎么办?”本来也是随口一问，林萧心上并不太焦虑，甚至有点幸灾乐祸，觉得这样结束其实也挺好。

张翼天双手撑着硕大的办公桌站起身来，身体倾向对面的人，换了商议的口气：“该来的总会来，我正在想办法，你不用太担心。至于香港公司那边的账目，你监督财务认真过一遍，应该不会有什么问题。只要香港公司保住了，我也就放心了，就算万一哪天我再没有办法照顾你们，你们也能生活得不错。你会明白的吧?”

“继续编……”突然之间心中邪气四溢，不小心脱口而出。

“什么?”张翼天露出难以置信的表情。

“啊，没什么！香港那边我会处理好的，这几天正在重新做之前的账目，虽然说难度不大，但被盯上了还是会比较麻烦。”林萧将身体往后靠在椅背上，不是妥协和退让，而是“反客为主”的姿态。

张翼天看着对面那张年轻面孔的嘴角浮出若隐若现的笑，他和初见时的青涩男孩判若两人，潜藏着某种逆袭的力量，看来自己之前对他是低估了几分。片刻沉寂之后，张翼天把对峙的气势稍加收敛，绕到林萧身后，轻轻地拍了拍他的肩膀：“林萧，谢谢了！”

林萧心中泛起一阵恶心：“那么，如果没什么别的事，我先回办公室了。”

“哦，对了，明天回家吃饭吧，你妈说想你了。”就算是再温馨的字眼，被张翼天说出来，林萧都会觉得冷酷至极，于是后背一阵寒战，林萧止步，声音带着颤动：“好，知道了。”

回到办公室，林萧顿时觉得精疲力竭，或许还夹杂着一点后怕。都说初生牛犊不怕虎，年轻男孩多半都是这样，最不忍于他人的威胁，觉得输什么也不能输掉气势，明知道对方使了激将法，也要强撑着过把嘴瘾。可那又怎样呢？就算可以暂时暗爽一下，事后不也毫无用处，常常地，还会让自己陷入进退两难的境地。此刻的林萧便是如此，恍然前程未卜的忐忑。要让张翼天听自己的话，恐怕是痴人说梦，简直就是自己给自己下了套，最后让人给卖了还得替人数钱。看来，只能豁出去了。他再一次点开邮箱，面色凝重地给张翼天发去一封邮件。

没多久，林萧便看到 Jackie 的身影从玻璃隔板前闪过，直接进了对面张翼天的办公室，几分钟后又缓缓退出，再次掠过林萧眼前之时，意味深长地向这边望了望，却没有片刻停留。

第八章 长大

你定义的爱情太伟大，而我平凡的生命，只承受得起正确的爱情。

吴晓迪望着电脑不知所措。

如果说第一次偷偷登录林萧邮箱主要是出于“好久不见，想要知道某人最近过得好不好”的“自虐”，那么这一次，恐怕是“我不入地狱谁入地狱”的心态了吧。

在张翼天回复给林萧的邮件里，真真切切地闪现着“刘华军”三字，格外刺眼。附件里还带着一纸协议的扫描件，虽然总共只有两页，但这白底黑字的分量已足以让吴晓迪“卑躬屈膝”。

难怪，难怪听秦淮说案子一直毫无进展，原来是因为这个刘华军。对于这个刘华军，吴晓迪其实知晓得也不多，对他多少有些印象是因为他在父亲手下做事已经好多年，一路跟着父亲往上爬，直到现在一秘的职位。偶尔听父亲谈起他，似乎总是被贴上低调内敛的文人属性，一手好文采，一身好酒量，不拍马屁也不争不抢，上上下下口碑颇佳……

看来人真是不可貌相！晓迪的脑海里闪现出无数问号，却似乎没有一个能找到确定的答案。接下来该怎么办呢？秦淮？该死！为什么总是它第一个张牙舞爪地跳出来?！他那天拒绝接受邮件的举动那么奇怪，之前还暗示过说吴愈可能会受到牵连，难道他早就知道了？接下来他想要怎么样？要怎样才能救出林萧？……

思前想后毫无头绪，一抬眼却看到墙上时钟的指针已经奔向五点，吴晓迪恍然惊醒，赶紧收拾好东西下楼——今天是“规定”回家吃饭的日子！

一边往校门口疾走，一边打电话叫了辆出租车。这是她许久以来的习惯，原本可以车接车送，她硬是觉得那样的话会折寿好多年。

虽然难得路上没有堵车，回到家也已六点出头。一推开门就听见炒菜声，看来方华还在厨房里忙活着。吴晓迪懒懒地换了鞋，往客厅书房里溜达了一圈，没见到吴愈的影子，心里有些纳闷，按理说平常这个时候该是早已下班了才对啊。

“妈！爸呢？今天怎么还没回来啊?”她靠在厨房门口探着头问。

“快了吧，他刚才给我打电话，说是去秦淮那儿一趟，晚点回来。”老妈头也不回地继续照顾着锅碗瓢盆，“我说，你去把客厅收拾下，我怕一会儿你爸把秦淮拽过来吃饭，咱们家太乱了。”

听到这里，吴晓迪忍不住一个激灵，邮件里提到的事情忽然之间从脑子里冒了出来，夹杂着一丝不知该如何面对的不安，也不知道是无从面对父亲，还是无从面对秦淮。

自从吴晓迪离开家住到学校之后，只要是该她回家吃饭的日子，老妈总是亲自下厨做满一桌好菜，老爸也总会忙里偷闲回家陪她吃饭。晓迪从小被严格管教，所以答应要回家吃饭的日子，从未食言。

好在，吴愈这次也没有让家人等太久，饭菜正要上桌的时候及时赶到了家。吴晓迪深吸口气，尽量让自己表现得像平时一样，从沙发上站起身，上前接过老爸的包，不由自主地往门口方向瞟了一眼。

老妈搁好碗筷，冲着恍惚的人喊："晓迪，别看了，就回来了一个，赶紧来吃饭！"吴愈听出话外之音，哈哈笑了两声，率先落座。若是往日，爸妈这样调侃，晓迪定会立马反唇相讥，然而今天她心事满满，刚才那些话也就左耳进右耳出了。

父母在饭桌上东拉西扯起来，吴晓迪偶尔应声，寥寥几个字敷衍而过。面对晓迪的异常状态，吴愈和方华显然会错了意，相视一笑没有多问。没想到吴晓迪吃着吃着突然神经质地把碗筷一放，正襟危坐盯着父亲看了半晌，欲言又止，一皱眉又重新端起碗，把头埋进碗里去。

吴愈被女儿看得心里直发毛，实在忍不住："晓迪，你今天肯定有问题。出什么事了？跟秦淮吵架了？可是我刚才去见他的时候他挺正常啊……"

"啊……没……那个……"真是千头万绪根本不知从何说起，吴晓迪怔怔地看着吴愈，心里一酸，"爸，翼天的那个案子查得怎么样了啊？"

吴愈把碗重重地撂在桌上，把在座几位包括自己都吓得不轻："你是好了伤疤忘了疼是吧？还要我警告你多少次，这些事情轮不到你操心！"

"我知道你在担心什么！你为什么那么不喜欢林萧？他只是个跟我一样的年轻人而已，从一开始，您就从来没有给过我任何理由！"说来奇怪，刚刚被猛然一震，眼泪似乎被吓了回去，脑子也逐渐清醒起来，“当然，他现在跟我已经没有什么关系了，什么理由借口也都不需要了。不过就算作为曾经的朋友和同学，我问问案子的状况，也是合情合理的吧?!”

“你这是越来越不像话了！什么乱七八糟的！你是说我不通情理吗?”吴愈怒了，“你从美国回来我就觉着不对劲，也不知道他们给你灌了什么药！才安静了没几天，你又开始折腾了，是不是?不说林萧是什么样的人，那个张翼天，你去了这么久也见过那么多次，你心里难道不清楚吗?！上梁不正下梁歪，还有什么好说的……”

“清楚，我当然清楚！所以，我才要……”吴晓迪看了眼一旁不知所措的方华，把后面的半句话生生咽了下去。

吴愈正要追问下去，偏偏在这个时候来了电话。突然感到无法面对的恐慌，吴晓迪趁着吴愈接电话的当口，轻声对方华说了句抱歉的话，拿起沙发上的包，匆匆离去。

生活有时候真的很玄妙，若是继续争执下去，或许反而会云开月明，不论真相是何种面貌，至少再用不着费尽心思去勾勒它的各种轮廓，揣测出故事情节的各种版本。走出家门的吴晓迪，心里没了底气，并不为刚刚的一时冲动，而是为着一直以来的某种依靠崩塌过后的虚无。

面对邮件里反复出现的“刘华军”三个字，林萧不是不惊诧，甚至觉得被无端戏弄了一把。如果事实真如邮件所说，那她能啐一句：“生活真是疯了。”

林萧把眼前的邮件看了一遍又一遍，虽然直觉异样，却又一时找不出蛛丝马迹。张翼天的邮件言辞恳切，简直就是“字字落泪句句滴血”，仿佛是为了表明自己的“坦诚”，还专门附上了协议的扫描件。或许正是这种异于往常的“极力”表现，让林萧心生疑惑——不得不承认，这个世代的男人有时候比女人更敏感。

林萧之于张翼天，到此时已然毫无感情可言，“碰巧”做一回“卧底”对他而言未尝不可，反正早就做好了最后鱼死网破的准备，现在只是换了一种方式而已。然而他打死也未曾想到，张翼天最后的底牌居然是“刘华军”而不是“吴晓迪”!

看来刘华军与张翼天的默契很是了得，至少一直以来他们都对各自身边之人守口如瓶。想来也情有可原，这种摆不上台面的事情换谁都会顾虑几分，何况说穿了刘华军还是吴晓迪她老爸的左膀右臂。且不论吴晓迪父亲是否有所知晓，至少林萧和吴晓迪一直被蒙在鼓里是确凿无疑的。

事情发展到此，不仅比他想象的有趣，也更加复杂——很显然，这封邮件吴晓迪应该是已经看到了。邮箱自动记录的异常登录 IP 是那么醒目，天知道吴晓迪会怎么想怎么做!

“叮咚——”墙上的时钟终于挣扎出一点动静，伪装欢乐地提醒着下班时刻已到。若是往日，林萧断然不会搭理这个毫无实际意义的设置，在办公室里继续坐定，直挨到深更半夜回家可以倒头就睡的状态。然而这天似乎略微有些不同，在某种奇异感应的驱使下，林萧决定早回家。

打开门依旧是空空荡荡的房间，再奢华的修饰也掩不住失去生命力的凋敝景象。林萧在心底狠狠地自嘲了一番，真是有病，在期许什么？难不成吴晓迪还会“私逃叛变”第二次吗?

正想着，身后传来敲门声。其实门没有关，但 Jackie 还是礼貌性地轻敲了几下。林萧转过身，上前几步，窗外的落日余晖和稀薄霓虹映在对面的眉宇唇齿间，是久违的不羁笑容，和，些许亲近与依赖。

细想起来，已经很久没有在公寓和Jackie碰过面。他刻意早出晚归，在麻痹自我的同时，也是在回避Jackie。然而曾经的自己，是多么依赖那个不羁的笑容啊！这些日子，用这样生硬的方式来面对世界，只是因为内心还没有成熟到见人说人话见鬼说鬼话的阶段，或许以后会慢慢容易起来吧。

林萧把手插在裤兜里，歪着脑袋盯着斜倚在门框上的Jackie，不知道该把他请进来还是请出去，并没有厌恶的情绪，只是“事态突飞猛进”的一天，着实需要独自冷静思考下的。

Jackie见林萧半天不语，只好先开了口：“嘿，这些日子你总是回来很晚，之前你让我帮你买的《V for Vendetta》，一直没有时间给你。”Jackie原本背在身后的手伸到了林萧眼前，“很抱歉，因为你没急着要，我就先看了一遍，里面有些话说得很有意思，我想你会喜欢的……”

林萧疑惑地看看Jackie，又看看他手里的碟片，实在记不起来自己什么时候有说过要买它，更何况从小到大自己从未对电影产生过欲望。虽然这么想着，他还是接过了碟片，抬起头还想多问几句，却被Jackie抢先打断：“还有件东西，你落在我屋里好久了，我怕你忘了，给你送回来。”

Jackie一边说一边小心翼翼地从裤兜里把东西拿出来，抓起林萧的手腕，往上一套——是Patrimony。他欲言又止，只拍了拍林萧的肩，转身离开了。

林萧感到从手腕脉动传来的痛楚，在心口掀起难以抑制的波动。他“啪”地关上门，折回客厅，把碟片顺手往茶几上一扔，窝到沙发里发起呆来。像是忽然进入时光的黑洞，周遭的一切都扭曲起来，所有人和事都变得不正常，但这种不正常在扭曲的空间里却显得那么正常！那么，现在的自己，在别人眼中究竟是正常还是不正常呢?！他猛地把手表从腕上扯下来，冲到衣帽间，把这件充满“诅咒”的信物封存回盒子里。想了想，又觉得这盒子也被染上了咒怨，放在哪里都是危机似的，不能留下。

林萧叹了口气，来到 Jackie 门前，犹豫再三还是敲开了门。Jackie 带着一贯的“我早料到你会来”的神情看着他：“有什么需要帮忙的?”

“这个，还是暂时放在你这里吧，帮我保存一段时间，希望有一天我能把它拿回来；如果我没来拿，就拜托你把它交给晓迪，谢啦!”不等 Jackie 反应过来，林萧把东西塞到他手里，头也不回地就走了。

傍晚这一幕诀别一般的默剧，在林萧和 Jackie 之间似乎生出了某种化学效应，两人各自回到卧室，同样忧心忡忡，却是各怀心事的不安。

和之前所预料的一样，这一晚是无论如何都睡不着的。翻来覆去好几十个回合之后，林萧干脆起身，打开所有的灯，再自虐地冲了一杯热咖啡——睡不好就彻底别睡。端着咖啡在屋里兜兜转转了好一会儿，忽然被一阵清风引诱，踱步到阳台。虽然已是夜深人静时分，放眼望去城市却还是灯火绚烂的样子。浮华中不晓得有多少人跟自己一样彻夜难眠，为着各种剪不断理还乱的心事，无意间给这座城掷下一笔亮光。看上去很美，说不定背后却是深入骨髓的丑恶。

回到客厅，瞥见《V for Vendetta》冷幽幽地躺在茶几上，心下一动，伸手取出光盘，就在那一瞬间，一页便签纸从碟片盒里飘落下去，被光照得惨白。林萧愣了一下，捡起纸片，只见上面是 Jackie 歪歪扭扭的留言：That with devotiors visage and pious action we do sugar over the devil himself. ——V for Vendetta……Dont believe him.

跟吴晓迪“摊牌”的情形总是历历在目，吃饭的时候，走路的时候，睡觉的时候，卓佳贤时刻不被某种称之为自责的情绪袭击着，尤其是每天进到事务所见到秦淮，恨不得在地上挖个洞钻出去。

卓佳贤的非正常状态，秦淮自然看在眼里，嘴上不问不代表心里无惑。之前每每邀约佳贤她总是欢天喜地的样子，这几天别说是邀约，就连自己走近一点她都会不自觉地往后退让几步，交代下去的工作按部就班地完成，不坏也不好——绝对不是她的风格。突然变成这样，显然心里压抑着天大的事情。秦淮从不习惯强人所难，总觉得别人不愿意说出来的，就算强问来答案也未必是真，于是稍加思虑后给人事部门打了个电话——让卓佳贤休假。

人事部门以邮件形式“批准”并通告了佳贤的休假，作为很可能是全公司最后一个知道消息的当事人，在各种版本的目测中，默默整理好文件柜，一言不发地将工作交给秦淮的临时助理。不管是有意还是无意的群发抄送，在所有不明原委的人，包括当事人看来这绝对更像是一封劝退的通知。

佳贤没有去跟秦淮道别，连秦淮的电话也懒得接听，毕竟是初涉职场的菜鸟，这种时候哪有什么顾大局识大体的概念，恨不得再也不见最好。其实佳贤心里真的挺难过，原本还在对吴晓迪满是歉疚，正寻思着找个机会弥补，没想到倒是被别人清场了。现在看来，什么友谊友情，都是生活的冷笑话而已！

夏末季节，阳光已渐渐收起毒辣，开始酝酿来年的气势。卓佳贤漫无目的地游荡在这座偌大城市的 CBD，头一次发现原来这个时段从四面八方的玻璃高墙上折射而出的光，比起夏日来要凌厉得多，直晃得人眼疼。突然有人从后面紧跟几步上前拍了拍她的肩膀：“不好意思，小姐，你的手机一直在响!”佳贤赶紧抹了两把眼泪，回以一副哭笑不得的表情，伸手从包里摸索出叫嚷了半天的手机，0-0-1的区号，想来也只有那个家伙吧。

佳贤有些不太情愿地接起来：“喂?”

没有听到记忆中特立独行的开场白，电话那头明显愣神了，似乎是在怀疑自己拨错了号码：“佳贤？是你没错吧？我是林萧。”

“我知道你是谁！但你确定是找卓佳贤，不是吴晓迪，没错吧?”正在气头上的人，说出来的话总是会呛死人。

林萧听出这头情绪有异，也深知佳贤的嘴皮子，不敢跟她多扯闲话：“佳贤，不跟你玩笑，有件很重要的事，你必须帮我!”

“什么事?”因为对方郑重的语气，佳贤略微收起了脾气。

“事情很复杂，具体情况电话里说不清，请你马上帮我转告吴晓迪：‘别相信今天那封邮件。’我想她会明白的!”

“什么邮件？既然那么重要，你为什么不自己告诉她？又在玩什么新花样!”话里话外，带着些抵触的情绪，又透露着好奇的真心。

“我刚刚说过了，事情很复杂，希望以后能有机会跟你解释。我根本没有办法直接联系到吴晓迪，但那句话，必须立刻告诉她，拜托了!”

卓佳贤不语，下意识觉得自己今天的“被休假”和这封“今天的邮件”有着千丝万缕的联系，可是，可是凭什么你们都心知肚明，唯独我卓佳贤就要被蒙在鼓里还要被你们呼来唤去替人消灾?!

不等林萧再次确认所托之人究竟够不够靠谱，电话被倔强地挂断了，再拨去只剩忙音。突如其来的两件事令卓佳贤心神不宁，她围着某大厦门前的水池足足转了七七四十九圈，终于扬起愁云密布的脸，深吸两口气，转身朝泰诚事务所的方向疾走而去。好吧，吴晓迪，这次算你完胜。

前台的假笑小姐目瞪口呆地望着卓佳贤气势汹汹地飞奔进来，等玻璃门“咣当”一声被关上，才反应过来应该给秦淮通报一声：“秦律师，那个，佳贤又回来了，不过看起来情况有些不妙……”

“哦，好的，谢谢……我已经见到她了。”电话刚说到一半，办公室的门便被不礼貌地撞开，秦淮看了一眼“花容失色”的来人，突然想起第一次见她时的情形，哑然失笑，在挂掉电话之前不忘补充了一句，“在她出去之前，所有来访都先延迟一下，电话也是。”

温和的笑让某人心中的怨气顿时散去一大半，只是嘴上依旧逞强：“我很好笑吗？别人越难过你越开心对吗？你凭什么让我休假？你征求过我的意见吗？你有想过我的感受吗？哦，对了，我现在正在休假，你不是我的上司，所以有些话我还想告诉你，不管吴晓迪跟你说过什么，我只希望，我们都不要把私人感情带到工作中来！”说到最后竟然有点义正词严的意味。

“‘私人感情’？嗯？我不太明白……”秦淮是真的不太明白。

面对秦淮坦荡荡的眼神，卓佳贤有些后悔自己的口无遮拦，进而意识到自己赶过来是有更重要的事：“算了算了，那些都不重要。秦淮，刚才林萧给我打电话，让我转告吴晓迪，让她不要相信‘今天的邮件’！什么邮件？吴晓迪怎么会看到跟林萧有关的邮件？”

卓佳贤一边说着，秦淮的大脑一边迅速对眼前的情形和之前的状况做出了综合判断：第一，卓佳贤不知道邮件的事，吴晓迪出于某种顾虑没有告诉她；第二，这两个人因为某些事产生了隔阂，所以卓佳贤没有直接去找吴晓迪询问；第三，所谓的某些事该是与“私人感情”有关，这个嘛……；第四，“今天的邮件”，也就是说有新情报，可信度有待考量；第五，吴晓迪没有把最新情况告诉自己，不是被自己上次的态度呛了回去，就是有不可随意告人的秘密……

“喂……你到底有没有在听啊？我在问你话呢！”好像是来自四次元的埋怨，恍恍惚惚。

“哦。如果我说我也不太清楚，你会相信吗？”

“没工夫跟你开玩笑，秦淮！”卓佳贤用语气示了弱，“至少，请你把林萧的话转告给吴晓迪。我相信，林萧不会伤害晓迪的。”

“走吧！”秦淮果断地甩出两个字。“啊？”佳贤似乎会错了意，鼻子一酸，心里一颤，努力营造着山雨欲来风满楼的样子，却看见秦淮站起身，把手机、钱包、车钥匙往包里胡乱一扔，又说了一遍：“走，去找吴晓迪，路上再说。”

秦淮一手提着包，一手拖着佳贤匆匆往外走，掠过同事们不敢置信的目光，假笑小姐半扬起的左手，以及门厅保安大惑不解的挠头，一路飘到停车场，把手里的东西统统扔到了后排。

秦淮两人一边往学校赶去，一边轮番给吴晓迪打电话，等车开到校门口，电话也打出去了好几十个，始终是无人接听，倒是被迫听了一路的《原谅》彩铃。

打不通电话，佳贤有点慌了神，她看了看秦淮，用眼神问他“怎么办”。秦淮倒是显得颇为镇定：“你知道她平时吃过午饭都会去哪儿吗？差不多这个点儿了。”

“她有午睡的习惯，不管下午有没有课。”毕竟同寝室四年，这点“隐私”还是了解的。

“她新宿舍在哪儿你知道吗？”

佳贤想了想，大概忆起之前有听晓迪说过，她住的是“高级双人间”，应该是在研究生宿舍最北边的一栋吧。于是，在卓佳贤半生不熟的指示下，130i 绕着体育场飞驰了一周才在距离出发地点几百米远的地方找到了目标建筑。

事已至此，秦淮也不能多说什么，赶紧找到吴晓迪才是正事：“哪个寝室？”

“我怎么知道？我又不是她保姆！”佳贤白了那人一眼，心里有些小小不悦。

“走，下车。”秦淮从车上下来，把着车门往宿舍楼望去。卓佳贤没好气地跟着下了车，关上门往前走了几步，想看看宿舍的宿管阿姨在不在。还没等她走进宿舍，就听见背后袭来一阵歇斯底里的声波——秦淮居然用吼的，在宿舍楼下喊着吴晓迪的名字。

见卓佳贤惊恐地扭过脸，秦淮凑上去把她拉到身边，让她一起喊。一时间，一男一女一唱一和，毫无节操地高呼着同一个名字，引得无数路人驻足侧目。宿管阿姨更是见惯不惊，笑呵呵地在旁边观摩。还有好事的男生跟着瞎起哄，只要他们喊一声“吴晓迪”，随即便会被接上一句“我爱你”。

正睡得死去活来的吴晓迪被室友好一阵猛晃，终于睡眼惺忪地翻了个身，恍惚听见无数“吴晓迪”“我爱你”的呼唤，以为是醒不来的梦魇，又继续睡过去。室友急了，往吴晓迪腰上狠狠一掐，吴晓迪“啊”的一声惊呼，从床上弹了起来。

“吴大小姐，你终于醒了，楼下有两个怪咖一直在叫你名字！”室友说着，推着吴晓迪来到阳台。吴晓迪往下探出头，楼下人群已是黑压压一片，当中两个喊着自己名字的“怪咖”真的很耀眼，一个西装革履，一个披头散发，喊着喊着还岔了气。这两个家伙是要干吗？

话说楼下两人已经累得半死不活，终于守得云开见月明，看到从五楼探出头来的女主角。卓佳贤倚靠在车身上，最后奋力喊了一句废话：“吴晓迪，你手机是用来装饰的吗?!”

为了避免事态“恶化”，吴晓迪只好让秦淮他们稍等片刻，赶紧简单整理了一下，下楼“应战”。

“你们这是在干吗?”未见其人先闻其声。

“谁让你不接我们电话!”卓佳贤冲着慢悠悠出现在眼前的身影一通埋怨。

“你又不是不知道我午睡的时候手机都静音的嘛!”吴晓迪从裤兜里摸出手机一看，四十三通未接来电，“你们要闹哪样?”

秦淮一把把卓佳贤拉到身后，走上前小声地说：“这里说话不方便，去你寝室可以吗？你寝室男生应该可以进的吧?”佳贤这才意识到自己刚才“玩”得太 high，一时竟有点控制不住多余的亢奋，而秦淮真不愧是冷血惯了，说 down 就 down，这脑电波是该有多稳定啊!

吴晓迪被秦淮神秘兮兮的样子搞得不知所措，犹豫了半天，还是只能带着两人回到宿舍。见到三人面面相觑的尴尬场面，室友很知趣地借口打水拎了两个暖水瓶出了寝室门。卓佳贤和秦淮一刻也不敢怠慢，你一言我一语，把上午发生的离奇事件讲述了一遍。吴晓迪斜倚在床边，怔怔地看着对面情绪激动的两个人，好像是在听一段与自己无关的故事。

空气在三人的沉默之间无声流动，秦淮见吴晓迪不说话，所幸直截了当地追问：“晓迪，那封邮件到底是什么？林萧怎么知道你看到了邮件？你们还有联系，对吗?”

“喂，你什么意思？我如果跟他之间有联系，他还要你们来通知我干吗?你脑子秀逗了？我怎么知道他怎么知道我看到邮件的？还有啊，关于那些邮件，你之前不是说，绝对不会过问的吗?”吴晓迪反唇相讥，好像还在对之前他的拒绝耿耿于怀。

“什么？秦淮，原来你早就知道邮件的事情，你真是……你们俩，太过分了，就把我一个人蒙在鼓里，回头我死了都不知道怎么死的!”卓佳贤联想到被休假的委屈，差点真的掉下两滴眼泪来。

“现在什么时候了，别闹了！林萧说的邮件，我也不知道是什么玩意。先说下现在到底该怎么办吧!”秦淮的声音里没有丝毫暖意，其他两人赶紧收敛起小脾气，乖乖就范。

在秦淮目光的逼问下，吴晓迪咬了咬唇，把身子挪到书桌旁，打开电脑，熟练地翻出一封邮件来：“你们过来自己看吧。”邮件并不长，浏览完不过几十秒时间而已，但却把人看得冷汗津津。每个人心里都在盘算着，不敢多言一句，直到秦淮先开了口：“晓迪，这件事，你跟你爸说过吗?”

吴晓迪摇摇头：“昨天差点就说了，幸好……不过，林萧不是说，这事儿不能信吗？那我们现在怎么办?”

“我觉得，不管是真是假，还是应该让吴局知道一下为好。这件事情，我去说吧。你把邮件转一份到我邮箱，剩下的你就别管了。不过，晓迪，你必须答应我，从现在开始，不要跟这件案子扯上半毛钱关系，要不然……”秦淮意味深长地看了看窗外，起身离开。

曾经

第九章

许多事物都变得模糊，不知是何时何地的故事，抑或是别人的桥段，偏偏硬挤进我们的生活里来。

林萧从沙发里昏昏沉沉地爬起来，一看时间已经过了十点。走到阳台上伸了个懒腰，微凉的空气让人稍微精神了一下。折腾了一整晚，不知道佳贤有没有通知到吴晓迪。

他匆匆忙忙地收拾妥当，刚迈出门突然记起，已经应下今天要回“家”吃饭，索性回去换了身休闲装扮，扔下公文包，然后给 Jackie 打了个电话，说自己今天不去公司直接回家探望肖柔。

若不是张翼天的邀约，林萧恐怕还没意识到，自己已经好些日子没有跟母亲见面，更别说吃饭了。可能是估计到晓迪走后林萧的情绪，肖柔虽然时不时会电话嘱咐一下他的生活，却从来没有要求过让他回去陪伴。都说母子连心，莫过于此吧！

林萧回到家已近中午，张翼天原本约的是晚餐，所以一早就走了。中午只是两个人吃饭，肖柔只简单准备了一些饭菜，反倒更显出家的味道。从一进家门林萧就察觉到肖柔的小心翼翼，于是紧挨着她坐下，动筷之前还笑嘻嘻地跟肖柔撒了撒娇："妈，好久没单独跟你吃饭了，好像回到了小时候。"

肖柔微笑着摇了摇头，夹起桌上的菜放到林萧碗里："那好，今天可得多吃点。你这些日子都在忙什么呢？怎么忽然瘦得这么厉害？而且好些日子没有过来了。

"还行，公司在整理账目，所以花的时间稍微多些。"

"查账？这才几月份，怎么就开始查账了？"肖柔有意无意地说了句。

林萧偷偷瞥了一眼，看到她若有所思的样子，看来母亲的确还不知道内情。他故意做出吃得津津有味的样子，口里直夸今天的菜好吃，想要转移肖柔的注意力。

"哦，对了，林萧，这眼看着就要开学了，公司的事情如果兼顾不了就别亲力亲为了，还是得以学业为重，知道吗？如果你不好意思开口，妈替你跟张叔叔说。"

林萧点点头，他何尝不想赶紧脱身，就算现在马上让他回国做一名再普通不过的毕业生，也是一百个愿意："妈，你放心，我会处理好手头的事情，可别小看你儿子呢！"

"不管怎样，我还想说的是，能帮你张叔叔做点力所能及的事情，也算是报答他这些年对我们母子的付出。你这么大了，应该懂的。他这阵子总是早出晚归，憔悴了不少，要不是你告诉我是在忙公司的账目，我还以为出了别的什么事呢……"

“妈，看来您真的挺关心他嘛。”林萧言语中略带些不屑，又赶忙收敛起来，深怕伤了肖柔，只淡淡地接着说，“其实我一直想问，你和张翼天……”

“你是想问，我为什么会跟他在一起，是吗?”肖柔微微一笑，替林萧开了口。

“是，我觉得他配不上你，除了有钱，还有什么?”林萧心直口快，并没有发现此时肖柔的脸色已微沉了下去。

肖柔搁下碗筷，叹了一口气，离了桌。林萧不明所以，以为自己刚刚的冒失刺中了母亲心中的痛楚，便不敢再贸然出声，只是呆呆地望着肖柔匆匆上楼去的背影。

片刻之后，肖柔带着一个鞋盒大的木箱下了楼，走到客厅，挥手招呼林萧坐到沙发上来，还没等他开口询问，便主动打开了箱子。

是一大摞泛黄的信封，以及一张合影。再眼拙的人也能看出来，照片上那三人正是青春年华时的肖柔、林申之和张翼天。肖柔一手拈起照片，一手揽过林萧的肩头，从后面拍了拍他的背，好让受惊的人安稳下来。

林萧潜意识里已经猜出几分原委，心想，只怕又是一个听闻过太多次的恶俗故事吧。他侧过头漠然地看了一眼肖柔，只看到她眼中的时光倒转回二十几年前。

原来，林萧的父亲林申之、母亲肖柔和张翼天是大学同学，准确一点说，林申之和张翼天是数学系的同班同学，而肖柔则是外语系英语专业的学生。

风华正茂的林申之清秀文弱，不善言辞，待人接物彬彬有礼，看上去比实际年龄成熟几分，再加上身材颀长，像极了旧时的文人，不认识的人绝然想不到他竟会是理科天才。

和林申之相比，张翼天简直就是另一个极端的存在。如果说林申之是孤芳自赏型的“冷艳”，那么张翼天便是他人共赏型的“明媚”。张翼天是典型的北方汉子，人高马大，健康阳刚，活泼开朗，幽默风趣，又是运动天才，好像走到哪里都那么耀眼。

林申之和张翼天不仅高考成绩在各自地区都数一数二，进到学校以后成绩也旗鼓相当，在班里一直名列前茅。说来也巧，这样神奇的两个人，竟被分到了同一间寝室，还很快成为了知己。

上世纪八十年代末的大学校园生活单纯而朴实，男生女生除了上课，私底下接触的机会并不太多。尽管如此，在一次难得的院系联谊活动上，张翼天第一次见到了肖柔。白衣飘飘，黑发垂肩，可谓“明眸皓齿今何在，眼波流转不生情”，肖柔虽然刚入校不久，却已是外语学院公认的一枝花。那晚她虽素面朝天，却难掩满身星芒。

张翼天和大多在场的男生一样，一整晚的目光都只为那一个女子流转。平日里大大咧咧的他，小心翼翼地朝肖柔慢慢靠近着，他想把她看得更清楚些，他也想让她看得到自己。可惜，他还没来得及付诸任何行动，活动便戛然而止了。他抓不住肖柔缓缓起身的影子，也抓不住擦肩而过的白兰香。

神魂颠倒的张翼天好不容易回到了寝楼，在楼下撞上了刚自习回来的林申之。张翼天神经质地一把抓住林申之的胳膊，冲他神秘兮兮地说：“莎士比亚曾经说过，当你第一眼看到一个人的时候，体温是38．6摄氏度，那就是一见钟情。如果我今天身上揣着一支温度计，肯定会抽出来量一量，给刚刚奇迹发生的时刻留下物证。”

林申之伸手摸了摸张翼天的额头：“你没事吧？莎士比亚是十六世纪的人，摄氏度是十八世纪才发明的，那句话是莎士比亚托梦跟你说的吗？”

“兄弟，你就不能幽默点吗？何必这么认真！听别人说话要听重点好不好！重点是，一见钟情！你没去联谊会实在是太可惜了，外语学院的美女一抓一大把，尤其是那个叫什么肖柔的，对，肖柔！就在刚才，我终于找到了人生的奋斗目标，哈哈！”

林申之在学校的时候向来对男女之事不感冒，他不等张翼天唠叨完，兀自迈开步子进了楼，留下张翼天对着空气流着口水。

张翼天回到寝室，见别的室友还没回来，便拽着林申之东拉西扯，没几句又扯到了肖柔身上：“我听外语学院的人说，肖柔她妈是越剧名角，难怪她出落得这么温婉水润。嗨，你是没见到活的，要是……”

“关我什么事？”据说这世上所有的麻烦，只需两句话之一就可以解决掉，那就是——“关你什么事”和“关我什么事”。

林申之的毫不客气并没有浇灭张翼天火山爆发一般的热情，他把脸凑到林申之面前，认真地回应说：“当然关你事！从明天起，你得帮我写情书……”

“喂，张翼天，我警告你哦，你想怎样都行，别把我拉下水，我是不会帮你的……”

“哥们儿，救人一命胜造七级浮屠，你知道我这个人五大三粗的，哪有你文采飞扬，你就看在这是我的第一次，帮帮忙帮帮忙！”

林申之素来有规划强迫症，什么时候该做什么事情，必须严格按照既定计划执行才会有安全感，尤其是每天雷打不动的十点半准时爬上床，听半小时英文然后入睡的习惯。眼下被张翼天死皮赖脸地纠缠，他的每一根神经都在战栗，忍无可忍无须再忍，他只好强撑着点了点头。管他呢，张翼天这三分钟热情，或许明天这厮就把这事儿给忘了呢。

然而张翼天对别的事儿常常不上心，唯独对肖柔是真放不下了，第二天一起床，就拽着林申之研究这情书应该怎么写，是要先自报家门让肖柔知道自己是谁呢？还是先吊吊她的胃口，再找机会制造惊喜呢？

林申之可没他那么有闲情逸致，大致把张翼天的意思综合了一下，按照自己的想法胡诌了几句。好在他平日里除了跟阿拉伯数字打交道，没事儿也爱看看散文杂文之类的，才不像张翼天那样，书到用时方恨少。

让林申之万万没有想到的是，被他看作三分钟热情的一件事，张翼天却整整坚持了两个学期，而替人写情书的功课也渐渐融入了林申之的生活节奏。甚至，他开始乐于享受，精于笔法，时常还会想象，肖柔究竟会是怎样的一位姑娘。尽管如此，这一年多来，他竟然从未有机会见到过，或者说从未刻意找机会去见这些情书的女主人。

直到有一天，张翼天领着一个女孩走到他面前，骄傲地介绍说："她叫肖柔。"他才忽然觉得，自己笔下的每一个字，都活过来了。

果然是白兰花一般的姑娘。

白兰花一般的肖柔，在收到张翼天第二百九十九封情书的那个晚上，被信中的一行小字深深打动——我行过许多地方的桥，看过许多次数的云，喝过许多种类的酒，却只爱过一个正当最好年龄的人。破天荒地，她试着给这位追求者回了信，开启了两人一段新的交往模式。

当然，那句惊天地泣鬼神的表白是林申之向沈从文借来的。他喜欢沈从文，喜欢《边城》，喜欢《湘西游记》，喜欢勇敢坚强的翠翠，喜欢才华横溢的三三。

张翼天和肖柔终于正式见了面，严格意义上来说，是肖柔终于见到了这位坚持不懈的爱慕者。对于张翼天，她并不失望，当然也没有太多的欢喜，这个男孩固然是优秀的，说不上帅气却也刚毅有佳，无可挑剔，但就是有个地方不对劲，究竟是哪里，她自己也说不好。

这一天，张翼天把肖柔带到了林申之的面前，他永远也无法知道，自己犯了多大的错误。“你好，我叫林申之，是翼天的同学。”肖柔的目光从林申之的眼眸移到他伸过来的右手上，妙不可言的一瞬间，她瞥见了那只右手中指第一个关节处的浅蓝墨迹。肖柔礼貌地伸出手握了握，指尖只微微触碰到对方的手心而已，却感到一股暖意传递到身体里，继而翻涌到面颊上，燥热了起来。

按照张翼天的意思，现在和肖柔已经建立了更直接的联系，便不再需要矫情的情书了。本来是求之不得的事情，林申之却忽然有些失落起来。他每天的生活刻度是那么精确无误，怎么能让这件事情如此轻易地搅了进来，又如此轻易地被抹去呢？

林申之像着了魔一般，照例在每天 9 点 45 分的时候，在东区第二教学楼的某间教室最后一排最右边的座位上，拿出素白的信纸，安静落笔，十几分钟后已满满一页，然后小心叠起，放进信封封好。

已经不再是于己无关的游戏，而是对象明确的倾诉。林申之渐渐发现，想要写下的心情一天多过一天，而这些心情，连同幼稚和冒昧，依旧准时地被送到了肖柔每天取信的地方。

肖柔是冰雪聪明的，她明白之前和张翼天之间的频率是因林申之的存在而扭曲了。如果没有林申之，如果林申之不再投递来更加赤诚的情书，她或许会欣然接受张翼天的追求吧，但是现在，肖柔开始犹豫了，她对张翼天竟不知不觉地衍生出一丝愧疚来，这愧疚源自张翼天对肖柔的体贴关照，更源自肖柔对林申之一眼之间的念念不忘。

奇妙的是，所有的犹豫和愧疚，在每日拿到情书的那一刻便会烟消云散。肖柔相信自己的直觉，并愈加肯定，这情书的热度与那日手心传递而来的热度一脉相承。出于某种特别的默契，肖柔不再回信，也从不在张翼天的面前提及。

与此同时，张翼天和肖柔的关系不冷不热地维系着，肖柔是向来不喜欢拒绝人的性格，纵然很想和张翼天拉开距离，面对邀约却又总是拉不下脸来，只好找朋友们一道出去玩闹，以化解自己有可能遇到的尴尬。当然，偶尔地，肖柔也会趁机邀请林申之一起。

时间久了，张翼天也略微觉察出异样来，如果说肖柔对自己没有意思，何必要日日应酬自己呢？可是每次她的人近在咫尺，眼光却是拒他千里之外的，实在看不到更多交往的可能性，到底自己哪里出了问题？当然，对于肖柔而言，值得庆幸的是，他自始至终也没有感受到，那两人眉眼间无须言说的暧昧。

张翼天躺在床上琢磨来琢磨去，毫无头绪，干脆爬到上下铺的梯子上，抓着林申之的一只脚摇了摇："喂，睡了没？帮我分析分析，我脑子不够用了……"

这些日子以来，每天都得被迫听张翼天唠唠叨叨的林申之，其实也无法入睡，一闭上眼脑海里总是浮现出肖柔温婉的模样。比起张翼天光明正大的焦灼，林申之的忧虑像是被人下了蛊，随时都有毒发身亡的危险。

"喂，我跟你说话呢？别睡了，你给我起来!"张翼天一个翻身骑到林申之的身上，差点没把上铺的床压垮。

林申之取下耳塞，装模作样地揉了揉眼睛："你又瞎折腾个啥!"

“你帮我分析分析，肖柔到底是什么意思？是接受我还是不接受我呢？我怎么越来越没底呢？”

“这还不简单，要让自己痛快，那就大大方方地找她出来问问清楚不就结了！”

“你说得简单，每次约她都有一堆拖油瓶跟着，哪有开口的机会……”张翼天还没说完，便被林申之“娇羞”地推开，冷不丁地还脸红了一下。他慢吞吞地从梯子上往下爬，爬到一半，又探出脑袋：“要不你看这样行吗？过几天我生日，我请她吃个饭，她应该不会拒绝吧？说生日愿望的时候，要不我就……试着表白一下？”

“行行行，你想什么时候过生日都行，赶快给我滚下去！”林申之是真的不耐烦了，伸手把某只脑袋狠狠按了下去。

张翼天解决了心头的困扰，一夜酣睡，压根没觉察到上铺的辗转难眠。同样睡不着的，还有肖柔。她的生活不知不觉陷入了某种怪圈，那个日夜想念的人，除了每日情意绵绵的书简，似乎并没有表露出对自己特别的留恋。她自然知道他的回避是因为张翼天，她也知道这样的局面，到了最后伤得最深的也是张翼天。可是，她不想对不起任何人，不想伤害任何人，所以，在几日思量之后，她默默地下定了决心：这两个人，谁先向她表白，她便尝试着跟谁交往看看。

说来也巧，很多事情，想得越多来得越快。没过几天，肖柔便收到了张翼天的生日会邀请……

“后来呢？那你岂不是应该接受张翼天在先了？”林萧见肖柔停了下来，忍不住插了一句。

肖柔并没有马上接着往下讲，而是在一堆陈旧的信件中翻找了一会儿，抽出其中一封，递给了林萧。林萧将信封在手心里抖了抖，一张素白的信纸从信封中轻轻滑了出来，展开一看，只寥寥数语：

停下，在原地，你和我都不敢轻易前行了，在等待什么呢？可是我们眼前的每一条分岔路，不管做何选择走下去，理应都比此刻要轻松很多吧。我只想说，请相信，我是愿意陪你走下去的。

最后的落款是：林申之。1988 年 3 月 11 日。

“这是你爸第一次署上自己的名字给我写的情书，3 月 11 日那天，刚好是张翼天的生日。”说到“情书”两个字，肖柔在儿子的注视下竟然害羞了起来，“本来那天答应张翼天晚上去给他过生日，没想到走到半道，被你爸拦了下来，当时他什么话都没说，就只是傻傻地递给我这封信。我也没说话，拆开来看了。”

“然后，你就跟我爸走了？”林萧傻呵呵地笑了笑。

“差不多吧。你爸说那是他这辈子做过的，最勇敢的事了。那天我没去赴张翼天的约，之后刻意和他疏远，没过多久，张翼天大概也想通了，不再缠着我了。我和你爸一直都很小心地维持着这段感情，直到毕业都没被人看出来，这都是为了顾及张翼天的感受。毕业之后，张翼天因为成绩很好，被学校保了研，还公派来了美国深造。你爸本来也可以保研的，可是他觉得，必须要换个环境这段感情才有可能继续下去，于是带着我一路北上，到了北京打拼，我们俩才算真正在一起了。当然，慢慢地，我们和张翼天也断了联系。”

“那……后来怎么又？”不知为何，林萧心中泛起了小小的紧张。

“后来……后来的事情……”肖柔的神情顿时凝重了起来，眉宇间似是蒙上了一层阴影，“林萧，其实你爸爸不是因为车祸走的。”

“妈，你说什么?!”林萧从沙发上跳了起来。

“你给我先坐下。”肖柔向来不会如此厉声厉色地说话，一下子把林萧镇住了，“你听我把话说完行吗?”林萧只好乖乖地坐回到座位上，把头转向一旁不愿看肖柔。

“我和你爸刚到北京的时候，谁都不认识，谁都靠不上，只能自己埋头苦干。你爸脑子很灵，有想法，别看他少言寡语的，关键时候有魄力又敢干。他学着别人搞期货，没过几年就挣了不少钱，我们的日子渐渐好了起来。你爸用赚来的钱开了个小公司，帮别人代理期货生意，再后来我们有了你，生活应该说真的挺圆满的。

“只可惜成也萧何败也萧何，你爸这辈子的第一桶金是从期货市场上淘到的，这条命却也是被期货给索走的。1997 年亚洲金融危机，货币贬值物价飞涨，1998 年 8 月，美国股市动荡，日元汇率持续下跌，炒家就把目标锁定在了香港。你爸观察香港市场很久了，觉得是个‘千载难逢’的机会，打算‘乘胜追击’一把，可这一搏，就把半辈子的积蓄都投了进去。当时香港政府动用外汇基金进入股市和期货市场，一个月的苦斗，所有炒家都损失惨重，你爸更是赔光了所有钱，房子车子都被抵押了，还欠了银行一屁股债……这些都是我后来知道的，他竟然什么都没有告诉我，你当然就更不知道了。

“你爸实在想不出什么办法，只好走上了绝路，企图制造出一起车祸，好歹给咱们娘俩留下些赔偿金。可是他想得太天真了，人家一查就查了出来，他就这样白白搭上了一条命。后来很长一段时间，我还常常埋怨你爸，他就这样丢下一个烂摊子给我们，什么都不管就走了。当时我看着那笔欠款，真想就那么跟着他去了也好，如果不是还有你……”肖柔的声音开始颤抖，林萧终于扭过脸看了肖柔一眼，才发现肖柔早已泪流满面。

林萧强忍着在眼眶中打转的泪水，把母亲的手轻轻握在手里，嘴上却说不出一句安慰的话来。肖柔抽泣了几声，努力控制住情绪：“后来张翼天从同学那里听到我们的事，就从美国飞回来找到我。那么多年过去了，再见到他我差点认不出来。我还记得当时他跟我开玩笑说在美国汉堡吃太多，所以长得也越来越像汉堡了。他故意想要让气氛轻松些，还刻意回避了上学那会儿的事情。在我看来，他对我们当年的欺骗并没有表现出多么耿耿于怀。

“那阵子我刚刚东拼西凑把银行的钱还掉，别说供你上学，就是我们的生活都成了问题。要不然，我也不会那么轻易就接受了他的帮助。不过那会儿我也跟他提出过一个条件，在你十八岁之前，不能让你知道他所做的事情，他想都没想就答应了，后来也做到了。我知道他一直在等我，也在等你到十八岁……这么多年来，如果不是张翼天，我们的命运恐怕不堪设想，所以，后来他跟我求婚，我就答应了。”

林萧心中五味杂陈，把身子往肖柔身旁靠了靠，搂着母亲的肩头说：“好了，妈，以前的事情都过去了，我们现在不都好好的吗？来，我先送你上楼休息下吧。”

林萧把肖柔送回了房间，反手轻轻关上门，忽然觉得身心疲惫得不行。他用手扶着墙，反复做着深呼吸，好让自己镇定一点。曾经无数次设想过父亲离开时的场景，却怎么也料想不到会是这样的情节。

鬼使神差地，林萧走到张翼天的书房门口，忽然有一种神秘的力量促使他推门走了进去。书房简单至极，书柜、写字台、电脑……都是再普通不过的布置。朝南的小阳台上放着一把金丝楠木的摇椅，角落里是一张木雕茶艺台。

林萧走到写字台跟前，坐在张翼天常坐的那张真皮转椅上，伸手拉了拉旁边斗柜的抽屉，出乎意料的是竟没有上锁。其实他也不知道自己想找什么，就那么一层一层拉开看。每个抽屉里都整整齐齐地叠放着各种文件，每一份文件都细心地贴上了封口的标签，标签上是张翼天的亲笔签名。

林萧在心里暗自嘲弄了一番张翼天这种自我安慰式的做法，而后又开始嘲笑自己，你想在这里找到什么罪证吗？太可笑了！正想着，一阵厚重的脚步声从楼下走了上来，林萧赶忙把几个抽屉关好，站起身朝门口走去。等等，脚步声由轻变重，分明是朝书房的方向来的。林萧一个转身迅速冲到了阳台上，躲到茶艺台的后面。

有人踱进了书房，坐了下来，然后是熟悉的电脑开机的音乐声……咫尺之外，林萧屏住呼吸，眉头紧锁，一边祈祷自己不被发现，一边又竖起耳朵仔细探听着。

一阵手机铃声猛地叫嚣起来，林萧的心脏狂跳了一下，下意识地捂了捂裤兜，随即又听见张翼天接起电话的声音，这才松了口气。

"喂，刘啊，怎么这个时候打来电话？这会儿北京该是半夜呢吧？有什么事儿邮件里不能说非得打电话啊？"刘，难道是刘华军？林萧壮着胆子往里凑了凑，只能听到手机听筒里是混沌的男中音。虽然听不清对方的言语，但张翼天的声音却很分明："怎么可能？他们早就没有联系了啊?"……"我没想要威胁你，这事我真的不知道。不过话又说回来，你答应我的事也别忘了，调查什么时候结束，我这儿可快撑不住了！"……

可以很肯定了，真的就是那个刘华军！可是……Jackie 那张字条，他为什么要那么说？难道是自己会错了意?！想到这里，林萧恨不得扇自己两巴掌!

张翼天跟对方寒暄了几句后挂了电话，叹了一口气，站起身准备离开。说时迟那时快，又一阵急促的铃声充斥了整个房间——蹲在阳台上的林萧瘫坐在了地上。

张翼天和林萧四目相对，说不上谁比谁更面如死灰。出乎林萧预料的是，张翼天并没有穷凶极恶地朝他扑过去，倒是挥了挥手让他在写字台对面的客椅上坐下。两个人各怀心事，似乎精神都支撑不住身体的重量，齐齐靠在椅背上寻求支援。

“唉——”张翼天习惯性地叹了一口气，“你都听见了，那我就开门见山吧。别的话我不想多说了，只是很好奇，你是不是一直都想找机会把我干掉？我也不管吴晓迪是怎么看到那些邮件的，倒是很想知道，你为什么后来又跟她说那些东西是假的？你究竟想要怎样?”

“我不知道……”林萧眼神恍惚了一下。

“事情到了这个地步，就算你不打算帮我，作为男人，也该拿出敢做敢当的勇气吧?”

“勇气？敢做敢当？勇气就是拿来违法的吗？敢做敢当就是让别人做炮灰的吗？你以为所有人都会像我妈那么傻，信任你一次就赔上一辈子吗?”

“你……你妈跟你说什么了?”张翼天眼神中透出些许痛楚。

“你不用担心，在我妈眼里，你是天底下最大的好人！其实就算她不告诉我你们的事，我也懂得‘知恩图报’的道理，所以才忍了那么久，只希望熬过这两个月，等到开学就回到自己应有的生活里去。可是你也太得寸进尺了，这次的事情怪不了我，是老天爷想惩罚你，你逃不掉的。”

张翼天往日锋芒不见，言辞淡漠："你说得对，我是逃不掉的，我自己也知道，自从踏上这条路，每天都视死如归。我之前跟你说过的，我千辛万苦弄个香港公司，还不是为了你和你妈。你以为我是在骗你，让你当炮灰？哼哼，我不是傻子，我用不着给自己留后路，因为我根本就没后路……"说罢，张翼天抬眼看了看对面的年轻人。

"为了我们？"林萧站起来，俯下身冷冷地盯着张翼天，"你们这些人，凭什么把自己的错误粉饰得如此伟大？我爸是这样，你也是这样！说什么为了我们?！有了错误的开始，就绝不可能得到正确的结果。要不是我爸自以为是的决定，也轮不到你来为我们操心！"

此时的林萧让张翼天产生出某种错觉，觉得他像是一只正在挣扎成长的幼狼，血脉里同时拥有着极端冷静和极端狂躁的基因，它从前是那么听话，那么可爱，可是只要它受过一次伤，它就会懂得血腥的味道就是它生命的味道。

张翼天着实吃了一惊，于是语气更示弱了些："林萧，你是太年轻了！你还不懂，我们这些人的命，在这个社会里归根到底是没有选择权的！你爸怎么没的？是因为他再懂算计也算不过市场背后的黑手！我为什么会落到今天这样的地步？是因为从一开始我就无从选择！那么多年打拼的心血，人家认定要拉你下水，你愿意做也得做，不愿意做也得做！"张翼天顿了顿，见林萧不言语，又换上了苦口婆心的语气，"给你注册公司也好，极力撮合你跟吴晓迪也罢，我的确是有私心的。你要知道，没钱比不上有钱，有钱比不上有权！我以为你是聪明人……"

是下午三点的日光，从阳台倾泻进来，将躲在阴影里的人拖了出来。张翼天并没有回避林萧的眼神，一席话并无进攻的意思，倒让林萧有些难受起来。事到如今，针锋相对又有什么用呢？林萧摇摇头，独自走了出去。

“吴晓迪……吴晓迪……吴晓迪来了没有?”站在讲台上的老教授把古董眼镜扶到头上，抬起头扯着嗓子喊了几声，见没人应声，又拉下眼镜准备在名单上画个叉。

“晓迪，晓迪，喂，点到你了，你干吗呢!”吴晓迪被旁边的男生戳了半天才戳醒，条件反射地“啊”了一声，动静不大，刚好穿过整个教室滑进教授的耳朵里。

教授把笔一横，没好气地说：“啊什么啊？到底是来了还是没来啊？四年本科白上了啊?!”

这是吴晓迪上学以来第一次被老师点名批评，换作平日，她一定一声不吭地忍了，可这一天的吴晓迪，却是被忍字头上的一把刀割得心疼不已，只见她直白地冲老教授翻了个白眼，“噌”地站起身收拾好东西，头也不回地就走了。

说是心如刀割，并不为过吧。自从前些日子秦淮将邮件的事情告诉给吴愈之后，吴晓迪几乎落入了有家不能回的尴尬境地，父亲对她恨铁不成钢，她也实在没了气力去争辩和解释，就这么彻底搬到了学校宿舍，也好落得清净。

如果说家里人对她失望至极尚可理解，那么，当她违背承诺，再次登录那个邮箱时，她发现自己已经无可救药了。更让她感到绝望和痛苦的是，那个让这颗心“赖以生存”的邮箱，竟然换掉了密码。那么，这是不是意味着林萧就这样永远地消失在自己的世界里了？是真的，一旦分离，就后会无期了吗?

吴晓迪用选修课把自己的生活安排得满满当当，然而这样自我麻痹的行为毫无成效，她总是每隔几天就会精神病发作一般疯狂地猜着邮箱密码，然后在宣告失败后给卓佳贤打去电话哭个稀里哗啦。

卓佳贤跟吴晓迪终究是打不散的冤家，和好如初是迟早的事。对于吴晓迪而言，这世上能任由她犯天大的错而永远不会抛弃她的同伴，只有这一个。

就在吴晓迪奔出教室前一个小时，佳贤吃完午餐刚回到办公室，吴晓迪的电话就像不定时炸弹一般袭来。佳贤已经习以为常，接起电话就说："哎哟喂，我的吴大小姐，你又发病了？"

和以往不同，话筒里传来的不是哭声，而是吴晓迪急切的询问："佳贤，你看新闻了吗？张翼天归案了！你们为什么不告诉我？你们为什么瞒着我？林萧现在怎样了？"

卓佳贤被她的突然袭击搞得惊慌失措："那个，晓迪啊，具体情况我其实也不太清楚呢，你也知道的，你爸他……而且，我也只能从秦淮那里听到些细枝末节的消息……你要是不敢问你爸，要不你直接问问秦淮？"

"你觉得秦淮有可能告诉我吗？佳贤，别的我不管，你就告诉我林萧怎么样就行了。"就快要撑不下去的感觉。

"咳咳，你等我一下，我换个地方接电话啊。"卓佳贤压低了声音，急匆匆地走到了卫生间，"喂，好了，晓迪，你先听我说，但是希望你有个心理准备，其实……"

"你快说啊？"已经快要崩溃的声音。

"其实张翼天能归案完全是因为……"佳贤话还没说完，忽然被人夺走了手机，抬头一看，吓得她两脚跳起一尺高，指着来人的鼻子尖叫，"这可是女厕所，你怎么进来的！变态！”

秦淮一只手把住卓佳贤的肩头，像拎小鸡一样把她拎了出来，一边朝办公室走一边冲卓佳贤怒吼：“你是真的想被劝退吗？你没想过后果吗?！想什么呢?！”然后又冲着手机冷冷地说，“吴晓迪，有什么事儿直接问我。不过现在不行，我下班去找你，你在学校等着。”挂机。

初秋的傍晚，暑气消散，风轻意惬，原本应该是最舒心的时节，却没有多少人能够好好享用。秦淮驱车来到吴晓迪的宿舍楼下，这次没有卓佳贤的“指引”，他倒是凭着记忆一下子就找到了地方。把车缓缓停在路边，秦淮拨下了吴晓迪的号码，脑海里忽然闪现出上次和卓佳贤一起大呼小叫的样子，无奈地摇摇头，哭笑不得。

一连好几通电话打过去，都无人接听。怎么回事？中午那会儿不是很着急吗？不会又在睡觉吧？一时间，秦淮不知如何是好，只好在车里等着。

没等多久，便见那个熟悉的身影往宿舍楼走来，径直走到了秦淮的车前，拉开车门，自然地坐到了副驾驶的位置上。秦淮瞪大了眼睛，吃惊地问：“你怎么来了？”

“没有我，你怎么能找到吴晓迪呢？”卓佳贤冲秦淮微微一笑，丝毫没有戏谑的意思，“其实刚才你一从公司走，我就给她打了电话，打了好久她都没接，我就想，你来了肯定也找不到她，所以就来救场了。”

“你知道她在哪儿？”

“虽然不确切，不过她常去的地方我还是知道的，总比你在这儿傻等着强。”

秦淮心里莫名一暖，侧目看去，似乎第一次见到这个女孩：“那我们先去哪儿?”

“等一下，我想问问你，一会儿打算怎么跟吴晓迪说?”

“什么怎么说？到这个份儿上，只能实话实说。这件事，她迟早会知道的。”秦淮把目光转回前方，若有所思。

“她爸那边的事儿，你也会跟她讲吗?”

“会吧。要不然等她自己知道，我怕她会扛不住。”

“知道了。走吧，体育场……”

自从下午从教室里奔出来，吴晓迪就像行尸走肉般在偌大的校园里游荡，不知不觉又来到了体育场。不知道为什么，她总觉得这个常常空荡无人的建筑物像一个躯壳，躲到里面去，人就多了一些安定感。

可是这一次，为什么周遭的空气却开始发酵出凛冽的味道了。吴晓迪像是忽然想起了什么，把手里的东西朝身后一扔，在跑道上狂奔起来。风把眼泪吹得不见踪影，就像根本没有伤心过一样。

林萧，我很想你，你知道吗?

林萧，我很想你，你知道吗?

林萧，我很想你，你知道吗?

林萧，我很想你，你知道吗?

林萧，我很想你，你知道吗?

终于，一声闷响，那个身影颓然倒地，“哇”地痛哭起来。吴晓迪用尽所有力气冲着空荡荡的体育场大喊：“林萧，你给我回——来——”

“吴晓迪!”“晓迪!”两个气喘吁吁的人由远及近，朝她奔过去，打乱了吴晓迪痛哭的节奏。吴晓迪软绵绵地从地上爬起来，抬起头朝不远处望去，眼泪早已模糊了视线，但她依旧看到了秦淮和佳贤笨拙的身影。

“吴晓迪，你……你……你干吗又不接电话？”平日疏于锻炼的毛病，这个时候终于暴露出来，不过几十米的距离，秦淮就上气不接下气了。

“啊！对不起啊，我忘了，我把包扔到……扔到……”吴晓迪泪眼婆娑地环顾四周，却看不见自己的东西，抹了抹脑门，“算了，该留的不会走，该走的不会留。”

“晓迪，你没事吧？”显然佳贤又说了句废话。

“没事没事，发泄一下就好了。那么，现在可以告诉我了吗？”吴晓迪把目光投向了秦淮。

秦淮点点头，深吸一口气：“我可以告诉你这个案子现在的情况，不过事先我想要让你知道，我之所以选择这么做，是因为我坚信你有足够的勇气去面对，所以，希望你能如我认识的那个吴晓迪一样坚强。”

卓佳贤看了秦淮一眼，默默地走到晓迪身旁，紧紧搂着她的肩，感觉到她狠狠地点着头，身体却在不停地颤抖。

“翼天的案子这么快就能结掉，是因为林萧带着所有他手上的资料投案自首了。”秦淮顿了顿，看见吴晓迪紧咬着下唇，心里有些难过，便不再看她，把身子转向一侧，“他把所有的邮件来往资料和香港公司的账目都交了出来，还有他所知道的美国翼天的一切情况，以及张翼天的所作所为，都统统交代了。另外，根据他提供的线索，和后来张翼天的陈述，刘华军也被抓了……”

“刘华军？可是，林萧不是说那封邮件是假的吗？”对于这个消息，吴晓迪惊诧不已。

“嗯，怎么说呢？简单来说，这是个乌龙事件，他误会了 Jackie 的意思。

哦，对，Jackie 我想你应该认识的。说来也巧，那次我们都对他的话信以为真，我才会那么轻易地就把这件事情告诉了你父亲，可是，后来林萧说，他亲耳听到了刘华军给张翼天打过电话……”

“你什么意思？”吴晓迪颤抖得更加厉害。

“晓迪，其实你父亲从某个时候开始，应该已经知道张翼天和刘华军的勾当。不过你也不用太担心，据我所知，你父亲并没参与他们的非法行为，曾经也告诫过刘华军要适可而止，只是，最后会怎么处理，我们都还不清楚。”

“那林萧现在在哪儿？他早就回来投案了不是吗？为什么都不先来找我跟我解释呢？我在他心里就那么不重要吗？”这些追问秦淮的话语，说出口却像是在问自己，轻得几乎听不见。

卓佳贤转过身，把吴晓迪拥在怀里：“晓迪，你还不明白吗？所有爱你的人，都是在保护你！林萧爱你，所以把你赶回了国，跟你断绝了联系；你爸爱你，怕你被牵连，所以逼你离林萧远远的，离这个案子远远的。还有我，还有秦淮，我们做的所有事，都是想要帮你……”

“我知道，我知道，我当然知道，所以，现在告诉我，林萧在哪儿？我要去找他！”吴晓迪用尽力气从佳贤身上抬起头，冲着她哭喊起来。

“案件正在审理，他被拘押着，这段时间恐怕……而且，我们都觉得，你应该回避一下。你爸花了很大力气，才让他们没找你问话。就算为了你爸，你也要冷静一点，行吗？”

如果吴晓迪再继续哭闹，估计秦淮也会毫不客气地拉下脸来，给她一个耳光让她清醒点。然而就像秦淮刚开始所说，吴晓迪的内心是足够强大的。她定了定神，不再强求，一边努力把眼泪收住，一边挤出一丝笑容：“我明白了，放心吧，谢谢你们！我没事的，你们回去吧，也不早了，我也累了，准备回寝室休息。”

两人有些不放心，想拖着吴晓迪去吃点东西缓解下情绪，却被吴晓迪婉拒，只好把她送到宿舍楼下，看着她一路走进宿舍，才忧心忡忡地回去了。

吴晓迪回到寝室，一屁股坐到床上发起呆，任凭室友怎么招呼她都毫无反应，只默默流泪。室友看出她心事不浅，便自觉地闭了口，把一份快递放到面前的桌上，又用手在她眼前挥了挥，示意她记得看看，然后默默地收拾起书本，出门自习去了。

虽然还不到八点，但这天的夜色似乎来得比往常浓重了些，屋子里渐渐只剩下室友离开时忘记关上的电脑，在角落里泛着惨白的光。吴晓迪抬眼看着投映到墙上的稀奇古怪的光影，大脑像是被人刻意挖空了一般，一时什么也想不起来，分辨不清。

正在这时，宿舍电话不识时务地叫嚷起来，吴晓迪揉了揉太阳穴，撑起身子走过去接起电话，还没“喂”出声，那头就嚷起来：“吴晓迪在不在，让她下来拿包！”然后“啪”的一声就被挂断了。

听声音，应该是楼下宿管办的阿姨，从来都是“废话不说二句，好话更是没有”的风格。吴晓迪这才反应过来，刚刚从体育馆逃难似的回来，压根把丢东西的事儿给忘得一干二净。她赶紧洗了把脸，下楼去找宿管阿姨。

意料之中，阿姨看也没看她一眼，埋着头硬生生地说：“你说你们这些孩子，说小也不小了，怎么那么心大呢？你是运气好，这么好的包，遇见心好的给你送回来。以后可得小心点，这么多东西，丢了要再找回来就难了！”说完，阿姨把一只镂空橄榄球条纹的 DUFFLE 手袋递了出来，动作忽然不像平日般雷厉风行，倒是拖泥带水起来。

这只手袋是吴愈送给她的二十岁的生日礼物，算算已经是两年前的事情了。其实不管是在学校，还是出了校园，吴晓迪向来低调到身边所有物品都是普通至极。如果不是因为这款手袋是父亲送的礼物，并且说起来也只是中产阶级的水准，恐怕吴晓迪也不会带在身边。

吴晓迪听完阿姨的唠叨，一句话也不想回应，抓起包看也不看，拽着就往回走，走了两步，忽然想起什么，折回来说了句："我有件更重要的东西丢了，怎么找也找不到，可是我好累，不想找了，你说如果我就这么等着，会不会突然有一天像这个包一样，失而复得呢?"

阿姨抬起头，觉得莫名其妙："我又不会算命，我怎么知道……"说完把头一转，重新坐回到电脑面前，不再搭理这麻烦事儿。

吴晓迪提着包回到寝室，把包里的东西往床上一倒，胡乱扒拉了一下，大概没少什么东西，然后把手机拿起来翻了翻，只有几个不知何人的未接来电，懒得回复，直接删了。然后又把其他东西重新塞回包里，把包往桌上一扔，靠在床边又恍惚起来。

"啪"的一声，有东西被包挤下了桌。吴晓迪俯身捡起来一看，是一份快递，收件人赫然写着自己的名字，寄件人是——Jackie。

是Jackie!

心脏抑制不住地狂跳，连呼吸都是刚跑完八百米后的频率，吴晓迪手足无措地从抽屉里找到刻刀，颤颤巍巍地拆开快递封得严严实实的盒子，刚一打开，几滴眼泪就落了下去，迅速地在一纸粉黄便签上晕染开。

吴晓迪把便签纸拿出来，被眼泪浸染的地方墨色似乎也被染上了悲伤，浅淡地化开了。便签上歪歪扭扭地写着几行小字："晓迪，这是林萧之前让我转交给你的，我知道这对你们一定很重要。虽然他并没有告诉我应该什么时候交给你，但是我想现在应该是时候吧，希望能帮到你们。Jackie。”

便签被风吹到了地上，吴晓迪从快递盒中捧出一方再熟悉不过的礼盒，上面印着烫金的马耳他十字。“嘀嗒——嘀嗒——”仿佛生命中只剩下了这“嘀嗒”声，空灵得近乎恐怖。

吴晓迪早已泪流满面，礼盒在泪雨中被轻轻打开，又一张细小的字条飞了出来，飘到她眼前。她赶紧抓起来送到眼前，这一次是隽秀的行楷，一下子让时光美好如从前。可是，这字条上，只一句话就把吴晓迪打入了地狱——

我的时间再也留不住你，请珍重，请原谅。林萧。

成全

第十章

当不幸再一次降临时，只剩下坚强和冷静，谁也说不清，这究竟是时间的残忍之处还是可贵之处。

秦淮和卓佳贤一路无话，刚刚吴晓迪的反应是意料之中，同时也是意料之外。意料之中的是，她对林萧的爱和思念，依然那么深重；意料之外的是，面对那么大的打击，她竟然能不哭不闹地回去，完全不像平日里哭哭啼啼的千金公主。

秦淮一边开车一边想着，今天的事情若是被吴愈知道，自己又该如何解释才好。而卓佳贤则一直望着窗外，看着天上晚霞渐渐褪色，暗蓝夜幕衬出的云朵晶莹剔透，离这灯火阑珊的城市好近好近。这是她第一次看到这样纯净的云，让她心情稍稍平复了一些。她扭过头，伸出手戳了戳开车的人："秦淮，林萧最后会被判刑吗？"

“你也是学法律的，你说呢?”秦淮淡淡地回应，让听的人揣摩不出太多情感的偏好，像是回到了事务所，“五年以下估计是免不了的吧。”

佳贤把音乐关掉，以便能更清楚地听到秦淮的声音，更重要的是，让秦淮能听到她的话：“正因为我学过，才知道这里面量刑有多么复杂，所以……”

“所以什么?”

“你能帮帮林萧吗?”卓佳贤咬了咬唇，“我知道你喜欢晓迪，林萧从某种意义上来说，是你的情敌，让你帮他是有点强人所难……可是……”

秦淮忽然踩了一脚刹车，把卓佳贤后面的话堵了回去，然后把车靠边停了下来。他靠在方向盘上，无力地摇摇头：“请问，为什么你们就可以那么自私地对待别人，而我就非要那么大公无私呢？为什么我就不能自私一点呢?”

“你以为我不懂这种感受吗？这不是自私不自私的问题，而是‘放自己一条生路’。”不知道从什么时候开始，佳贤的声音已经不再是腻腻的学生腔，虽然依旧甜美，却多出了几分稳重，“就和我之前发誓不再理会吴晓迪一样。可是后来我发现，其实只要自己喜欢的人每天能开开心心，或许比什么都强。缘分这种东西，强求不来！我们换个角度想想，爱情实在太脆弱，朋友才是一辈子的，不是吗?!”

秦淮听出她话里有话，不知道该怎么接下去，索性不再作声。吴晓迪跟林萧的事情，几年来一直都是他生活中无法抹去的影子，倒不能说是阴影，不过总是时不时就会跳出来刺激他一下。以前他总认为，这校园中的恋爱，男生还无法懂得责任的意义，女生还不懂感情的经验，毕业之后就分手的情况更是这个社会的家常便饭。更何况这个年代的年轻人，似乎觉得在感情史上不折腾出几道伤，就枉费了青春这个词。所以他等过，他坚持过，一直等到他们毕业分开，一直坚持到吴晓迪为林萧几乎与全世界为敌。其实他早就认输了，只是，不想连最后的尊严也输掉。

佳贤见秦淮低头不语，有点着急起来，于是决定使出撒手锏，抓着他的胳膊一阵猛摇：“哎呀，秦大律师啊，我知道其实你是刀子嘴豆腐心，看在我们跟晓迪这么多年朋友的分上，你就帮帮忙啦！帮帮忙啦！”

“求你饶了我吧……”秦淮自然受不了佳贤的撒娇功力，“问题是，我实在不知道该怎么帮啊！你也知道，这案子从一开始就不是我们事务所的事情，难不成你想……”

“是啊是啊！如果有你做辩护律师，自然事半功倍嘛！”卓佳贤抓着秦淮的胳膊，拿出了“不答应不撒手”的气势。

“我说卓佳贤，你给我留点面子好不好？好歹我也是咱们事务所的头牌，总不能让我舰着脸去问人家要不要请我?!”秦淮清了清嗓子，“这样吧，如果他愿意请我，并且能支付得了事务所的费用，这个案子接一下也不是不可以的……不过……”

“又怎么了?”

“这事说起来容易，你想想看，林萧被拘押之后，行动受限，除了律师可以探望之外，其他人都见不到他。而我在没有授权委托书的情况下，也不可能见得到。换句话说，现在唯一能帮到林萧的，就只有他母亲。只有让他母亲把案子委托给我们才行。可是她远在美国，最关键的是，林萧说过，她对这些事情一点都不知情，现在应该也是才知道这些消息吧。”

两人坐在车里琢磨了半天，想来想去，觉得这件事还得吴晓迪出面，联系到肖柔才是目前最紧迫的事情。于是在秦淮的默许下，卓佳贤给吴晓迪去了电话。

接到卓佳贤的电话时，吴晓迪还沉浸在不期而至的悲怆中。她恍惚地听完佳贤的“论述”和秦淮的“最终审定”，忽然一阵酸楚涌上心头。眼泪再一次不听话地滑落，一滴冰冷，又一滴滚热。她低下头看着手心里的字条，他怎么可以这么轻易就说再见？

不得不承认，绝大多数时候，女孩比男孩更坚定而倔强。吴晓迪把字条紧紧攥在手里，努力收住了泪，和佳贤商量起联系肖柔的事情。

可是，要怎样才能联系上肖柔呢？回国之后，吴晓迪的手机已经换掉，美国的号码她更是一个都不记得。如果能找到 Jackie 就好了。Jackie！对了，快递，快递单上会不会有 Jackie 的号码?！吴晓迪把手机往床上一扔，也不顾听筒里依旧传来佳贤似乎永无休止的“哎哟喂”，蹲下身把头埋进垃圾桶疯狂地翻找起来。

刚翻了几下，忽然一阵堪比 Vitas 的海豚音破门而入，吓得吴晓迪噌的一下从地上站起来，回头一看，原来是室友从自习室回来了。吴晓迪手上拈着一张皱皱巴巴的纸片，没好气地喊了句：“叫什么叫，叫魂啊?”室友喘着粗气：“我怎么知道是你，大晚上的灯也不开，躲在那儿窸窸窣窣的，我还以为有小偷呢!”

看到室友抓狂的模样，吴晓迪哭笑不得，又实在没心情解释，索性低头去研究正事。她看了眼手里的快递单，号码有点模糊，但仔细辨认的话，还是不难认出来。她抓起手机，回身走到窗边。吴晓迪朝着难得可见的几枚星星望了望，对自己低语：“Jackie，这次全靠你了。”

足足十几秒，电话才被人接起来，还没等对方说话，吴晓迪迫不及待地先开了口：“喂，Jackie，是我，晓迪……”不知道为何，忽然感到空气有点黏稠起来，呼吸也失去了原有的节奏。

“啊，晓迪，原来是你，看来快递已经收到了。你现在怎么样？好久没联系了，还好吗？”话听起来是久别的问候，但吴晓迪却似乎看到了对方摆出了防御的姿态。事已至此，想必大家都对接下来的话题心知肚明，既然没什么好寒暄的，不如直截了当点好：“Jackie，我想请你帮个忙……”

关于林萧这些日子以来的情况，Jackie怎么可能不知道？林萧投案，张翼天被遣返回国，他若不是美国国籍，现在也不可能如此安稳地在家里接电话了。吴晓迪的心情与感受，他自然是千万种地理解，可是这个忙，他是真的帮不上。

“为什么？林萧一直把你当朋友，你就不能帮帮他吗？Jackie，如果你觉得不方便去找林萧的妈妈，你把电话给我也可以，我自己打电话总可以吧！”或许是没想到从前对自己百般和善的Jackie会如此决然地回绝自己，吴晓迪一时竟抑制不住，所有情绪都爆发出来，冲电话那头吼起来。

“晓迪，不是我不帮你，你先听我说完好吗？”Jackie在电话那头深深地叹了一口气，“老板被遣返回国后，相关的人一直都被监控着，不仅是我，林萧他妈妈也是一样的。我直接跟她对话的可能性可以说是微乎其微，不过你需要号码的话，我当然是可以给你的……”

吴晓迪这才意识到自己刚刚的失态，她忽然间开始为自己丢掉了往日的从容和淡然而感到难过了。她转身走进寝室，一只手翻出本子和笔，把一串号码默默地记了下来。她对Jackie轻声地说着谢谢，对方回以了久违的笑声，倒是让时光叠映出了曾经在生命里流淌过的小幸福。要是时光可以倒流该多好。吴晓迪苦笑。

一刻也不敢怠慢，她紧跟着拨通了纸上记下的号码。肖柔的声音依旧如其人般优雅从容，和吴晓迪的失措大相径庭，实在无法让人相信，她正经历着人生中又一次致命的打击。甚至当她听到吴晓迪情绪激动地把来意禀明后，竟然依旧淡然如水，反倒劝解起晓迪来："晓迪，谢谢你和你的朋友们。你也别太着急了，我原本也打算这几天就回国，帮他们，哦，不，帮林萧打点打点，现在你朋友肯帮忙，那我今天就订机票回去，你们等我就是。"

或许是曾经的生离死别已经耗光了眼泪和心痛，当不幸再一次降临的时候，就只剩下了坚强和冷静。对于人们而言，谁也说不清，这究竟是时间的残忍之处还是可贵之处。

吴晓迪从未感到过一天一夜竟如此漫长，就连当初林萧离开时都未曾有过这种体验。直到第二日天光微白，楼下树巢中的鸟齐鸣起来，她才觉得总算在理论上熬过了不眠不休的二十四小时。侧身看了看还在酣睡中的室友，吴晓迪轻手轻脚地爬起来，走到阳台上。

是有多久没有见到过清晨四点的天空与飞鸟了？大概只有这个时候，只有当人类还在做着这样那样的美梦与噩梦的时候，飞鸟才能享受真正的自由吧。

自由……

林萧，你现在还好吗？

肖柔并没有让大家等太久，接到吴晓迪的电话后，只不到一天的时间，她便出现在了秦淮的办公室里。当然，在场的还有吴晓迪和卓佳贤。

对于秦淮和卓佳贤而言，都是第一次见到传说中的肖柔——从案件的角度来说，也就是"老大的女人"。虽然是在自己的地盘，虽然肖柔看上去温柔和善，两人却破天荒地拘束起来，只好用眼神向吴晓迪求助。

肖柔看着面面相觑的三个年轻人，笑了笑，从包里掏出钱包，抽出一张卡，放到秦淮的办公桌上："秦律师，我虽然一直不通世事，在美国待久了也不清楚现在国内的情况，不过这个我想你之后一定会用得上。"

秦淮抬起眼，正好和肖柔四目相对，一时间竟然有些慌了神。那道目光充满了说不清道不明的力量，真诚、坚定、信任，又不失尊严和冷静，更重要的是，里面有一个母亲对孩子无私的爱。他定了定神回应说："肖女士，我们事务所自然有收费的规定，这个之后在相关协议上都会写得很清楚，至于别的费用，我想暂时还不太需要，你先收好吧。"说着，他把东西往肖柔面前推了推。

"秦律师，你放心，这些钱是干净的。你也知道，我们现在所有的财产几乎都被冻结着，如果让我拿出很多钱，我也的确没有。这里的钱是我朋友暂时借给我的，钱不是很多，除去律师费之后，也不知道能剩下多少，能做多少事，够不够用……我只想请你帮帮我儿子。你是晓迪的朋友，我相信晓迪，所以我也相信你！"这番话说得绝非一般妇人能企及。

"阿姨，您放心，林萧是我们的同学和朋友，我们肯定会……"佳贤见气氛尴尬，便替秦淮开了口，却被秦淮的几声闷咳打断。秦淮接过佳贤的话："肖女士，您儿子的情况其实并不复杂，不过，正因为情况简单明了，辩护起来反而更难。虽然是从犯，但因为涉案金额太大，所以……如果我们的一切辩护都无效的话，他至少会被判处五年以下有期徒刑，这个，您得有个思想准备。"

肖柔点了点头："这个我明白，不过我也知道，事在人为，我只希望你能尽力，别无他求！"说完，忽然转头看了看吴晓迪，"晓迪，不管林萧最后会如何，我都谢谢你们，真的很感谢。"

卓佳贤把事先准备好的委托书拿了过来，放到肖柔的面前，指导她一一填写。秦淮看着眼前这个女人，努力在脑海里拼凑着林萧的模样，他很想知道，究竟他有什么样的特质，竟会让吴晓迪念念不忘。继而又转头凝视着吴晓迪，像是要向她寻求答案。

吴晓迪从进到办公室就一直一言不发，只是静静地坐在沙发上，看着其他几人冰冷地交易。刚刚被肖柔点名，她也只是敷衍地回应了几句，而此刻，秦淮意味深长的目光显然已经惊动了她。她从他的眼神里，看到了他在痛。

“听着，这个世界上，没有什么痛是忍不住的，也没有什么伤是好不了的，你信不信？现在，我再咬一次，这一次，你不许叫，也不许哭，忍住，听到了吗?!”上一次被秦淮咬过的位置似乎隐隐作痛起来，可自己这一回，又何尝不是在同样的位置给了秦淮更深的痛。吴晓迪还记得秦淮当时自以为是地说过：“看，我说得没错吧。”嘴角扯起一丝苦笑，心想，现在你应该能明白了吧？秦淮，现在你信了吧，要么得到，要么失去，若只是忍，痛永不会消失。

肖柔本来正安静地签着各种各样的协议，忽然像是想起什么事情似的，问起秦淮：“秦律师，我想去看看林萧，有没有办法?”

“在未判决之前，原则上亲属朋友都是见不到的，只有律师可以……”对于这种事情，秦淮通常都是如实相告的，想办法不是不可以，只是办不办得成也不是自己说了算，所以事先就不要给别人留下太多希望。

原本以为肖柔会像别的委托人一样再继续拜托几次，没想到她除了有些无奈和失望，并没有再追根究底下去。肖柔默默地从包里拿出一封封好的信，递给秦淮：“如果方便的话，你见到他之后可以把这个给他吗?”

秦淮点点头，把信接过去，和案件资料放在了一起，然后把肖柔的卡拿在手里扬了扬："如果预约顺利的话，我明天就能见到他。"

听到这话，肖柔微微一笑，终于松了一口气。而一直坐在沙发上默不作声的吴晓迪却突然站了起来，凑上来说："我也想去见见他！"

吴晓迪的话显然不是询问，而是斩钉截铁的决定，甚至是不容置疑的命令！卓佳贤震惊地看了看吴晓迪，又看了看秦淮，想知道这个结界到底要怎么破？肖柔第一次把端坐的身体靠在了椅背上，似乎是在给吴晓迪的目光让道。

秦淮冷静地迎接着吴晓迪的目光，在这个办公室里，他总是牢记着自己的身份和状态，他不会给任何人自以为是的机会："不行！"

"为什么？我作为你的助理进去不会有人发现的！"吴晓迪换上了恳求的口吻。

"对不起，绝对不行！"秦淮缓缓站起身，"第一，我的助理是卓佳贤，不是你吴晓迪；第二，我必须要保证这次见面的效率和质量，需要他足够冷静和清醒，你去了只会适得其反！"

看到吴晓迪还有想要继续争执下去的趋势，卓佳贤上前拦住了她，或许是这几个月跟秦淮打交道太多，她深知这个男人有多么倔强和强硬："好了，晓迪，现在这节骨眼上，你就别添乱了，行吗！"

见此情形，肖柔赶紧站起来，跟秦淮说："秦律师，那明天的事情就拜托你了。今天我们就先这样吧，我还有些事儿想跟晓迪单独聊聊，就不耽误您上班了。"说完拍了拍身旁的吴晓迪，"走吧，晓迪，陪阿姨去吃点东西吧。"

吴晓迪跟着肖柔一起下了楼，两人在附近找了间环境清幽的咖啡厅坐下，随意点了些吃喝的东西。点完餐吴晓迪才想起来，肖柔坐了十几个小时的飞机，下了飞机又马不停蹄地赶到事务所，这行程换作年轻人都不一定受得了，更何况她已是年近五旬，要是林萧知道了，那该有多担心！

“阿姨，您多吃点东西，然后我送您回酒店好好休息。这一趟真是太辛苦了！”吴晓迪一边想着一边开了口。

“再辛苦也是我这当妈的该做的，说到底，都是我害了他！”或许刚才在秦淮的办公室耗尽了元气，这会儿的肖柔略显疲态，斜倚在沙发里，喃喃自语一般，“要不是我让张翼天把他弄到美国去留学，也不会搞成现在这样了！”

“这个怎么能怪您呢……都是张翼天他……”吴晓迪想说些安慰的话，却发现不管自己怎么说，似乎都会刺痛对面人的心，“我想秦淮应该会尽力的，您就放心吧。”

“晓迪，你跟秦淮认识很长时间了吧？”肖柔忽然岔开话题。

“是啊，很久了，算是打小就认识吧。”

“难怪啊，他真是很喜欢你呢。”

“阿姨，现在说这些干吗？他喜欢我是他的事，而我只能把他当朋友！”

听到吴晓迪这么说，肖柔捂着嘴笑起来：“晓迪，你别那么紧张，我没有别的意思。我也是过来人啊，还有什么看不明白的？我只是想说，好好珍惜你这个朋友，他为你做的事，这个世界上恐怕没有第二个人会做到了，甚至是林萧。你们还这么年轻，谁知道以后的生活是什么样子？你和林萧现在这么爱着，五年以后呢？十年以后呢？这个案子，不管他最后会不会被判刑，会不会坐牢，都会是他人生中无法抹去的阴影。你有没有想过，他会就此改变？他的人生会就此改变？”

“阿姨，你这么说是不是太悲观了？林萧的选择，是经过深思熟虑后的决定，他对自己的将来不会没有考虑，他知道自己要怎么做，您别太担心了!”吴晓迪在肖柔面前，辩才尽失，纵然有千万的话，说出口的无非是几个不痛不痒的字。

“他一直都是个聪明、独立、有主见的孩子，甚至有些我行我素，这一点很像他爸爸，可是现在，我最怕的就是这个了!”

林萧被暂时收押的看守所位于这座城市的南端，也是条件最好的一间。十米高墙外并不是人们想象中的荒无人烟，旁边就有一个不错的居民区。秦淮喜欢绕过大道，从小区里穿行过去，偶尔还会遇见几个小孩在院里嬉戏追逐。每当此时他都会想，这样的欢声笑语，高墙另一端的人能不能听得见，会不会让他们更加思念自己的家人呢?

看守所的大门外是一字排开的几株银杏，高大而华丽。秦淮听他的老师说起过，这些树都是这间看守所第一任老所长亲手种植的，到如今，树冠竟都能稍稍越过十米的高墙了，似乎是想探究内里的神秘生活，也或许是想依着老所长的意思，给里面的人们带去一丝生命气息吧。

走到高墙铁门底下，透过一扇铁栅栏门往里瞅，可以瞥见办公楼背后矗立的岗楼，仔细看还能看到持枪的警卫正在站岗。秦淮一边跟门卫打了个招呼，一边迈进了看守所铜墙铁壁般的大门，忽然一抹悲伤涌上心头。

秦淮不是第一次走进这间看守所的大门了，但这一次，心中的忐忑比第一次来的时候还要凶猛得多。他熟练地穿过收押大厅，迅速地掠过一排体检室、信息录入室……当然，按理说，每个进到这里的人都必须要进行体检、扫指纹、照相，信息要登记造册，不管你是什么身份。而秦淮却目不斜视地往里走去，经过一个十多米的走廊，路过一侧的民警讯问室，来到了律师会见区。

这间看守所和别的大多数看守所最大的不同在于，它的律师会见室都是单独的隔间。尽管如此，会见室里还是有一堵大大的玻璃墙，将探视的律师和在押人员分隔开来。玻璃墙是隔音的，里外之人只能通过电话进行交流。

任何事情一旦夹杂了私人感情就很容易变得紊乱，正如此时坐在会见室里的秦淮。他毫无意识地翻弄着手里的卷宗，在等待林萧的时间里，怎么也想不明白此时自己为什么非得出现在这里。这个世界上优秀的律师不止他一个，为什么非得死要面子活受罪？

会见室的门被人轻轻推开，林萧在警官的陪同下走了进来。对于林萧的模样，秦淮曾在照片上见过几次，满满的都是美好的青春飞扬，而此时正从对面走来的男子，除了模样未变之外，气质再无优异之处。这样的反差，秦淮亦是见得多了，可对于林萧，他心中竟泛起一丝怜悯，硬生生把之前的怨气压了回去。

秦淮站起身，冲林萧点点头，算是打招呼。林萧木讷地看了他一眼，没有做出任何回应，只是在警官的要求下，坐到了秦淮的对面。秦淮看了看站在林萧身后的警官，也随之尴尬地坐下。

秦淮定了定神，示意林萧把里面的电话拿起来，然后从卷宗里抽出一纸文件，用左手把纸贴在玻璃上，右手拿起外面的电话说："我叫秦淮，你母亲肖柔委托我做你的律师，这是她签字的委托书，你可以看一下。"

林萧只是听着，也不去看那文件，依旧不语。

"我看了你的口供，对于你遇到的情况，其实不算特别复杂，希望你能积极配合，我会想办法帮你的。"秦淮不管林萧有没有在听，这样的场面他已习以为常，便自顾自地说起来，"今天我们先相互认识一下，之后我会定期过来跟你沟通案子的进展和相关事宜。你如果有什么要求，也可以跟我说。接下来我们……”

“不用了。”林萧目不转睛地盯着秦淮。

“我还没说完，请不要打断我，这样很不礼貌，你知道吗?”秦淮有点不相信自己的耳朵，怨气又冲了上来。

“我说，不用这么麻烦了。”林萧的声音跟他的面容一般，死气沉沉，毫无情绪，却再一次打断了某人的话，丝毫也不给他面子，“花这些钱又有什么意义呢？结果还不是一样。您是律师，应该比我更清楚，所谓的辩护真的有用吗？如果没有钱……我以前最怕的就是这个，怕我妈知道所有的事情之后承受不了，怕她为我，还有张翼天担惊受怕。我一定很让她难过吧？我能想象她现在生活的处境，所以请你替我告诉她，好好照顾自己最重要。如果我真要进去蹲几年，尽不了的孝心，等我出去再好好弥补。”

若不是有硕大的玻璃墙横亘在中间，秦淮恨不得翻过去扇林萧两巴掌。他不是不能接受林萧所说的话，而是不能接受林萧要死不活破罐子破摔的状态，以及对自己这个辩护律师的不尊重。

秦淮咬了咬牙，终于还是忍住了：“我肯定会把话带到的，我也肯定你母亲不会撤销委托！我告诉你林萧，我不管你配不配合，以后每周二下午我都会来，你也不得不面对我，所以，我希望你不要辜负了你母亲的期望，更不要自暴自弃……”林萧，不仅是你母亲，还有爱你的人……你就这样放弃自己了？秦淮心里有些不忿，喉咙间泛起一丝苦涩，突然有点说不下去。

林萧笑出了声，似乎觉得秦淮作为律师，这么说话显得有些幼稚：“秦律师，我不知道你是如何跟我母亲承诺的，但我也希望你能站在我的角度替她想想。可能你觉得我是自暴自弃，但如果你经历了我所经历的一切，你就不会这么说了！我累了，就这样吧。”不等秦淮反驳，林萧便挂掉了电话，站起身，示意身后的警察会面已经由他宣告结束。

“等等！”秦淮把手里的电话一扔，从卷宗里抽出来一封信，“啪”地拍在玻璃上，冲面对他的警官使了个眼色。警官把已经走出两步的林萧拦住，严厉地跟他说了点什么，把他带回到座位上。

秦淮拿起电话，伏在玻璃上，居高临下地冲着里面的人嚷道：“你给我听着，这是你母亲让我交给你的信，我本来不想在第一次见面的时候带给你，怕影响你的情绪，现在看来，我们的第一次见面实在是不愉快。看你的意思，以后你也未必想见我，所以，我一会儿会把这封信交给警官，由他们转交给你。你最好回去好好想想！”秦淮冲林萧身后的警察点了点头，示意他现在可以了。

警察走过来，让林萧起身。林萧站起来刚走出两步，忽然猛地转身凑近玻璃，对正在收拾东西的秦淮指了指电话机。秦淮下意识地松了松领带，然而拿起电话听到的却是：“秦淮，以后吴晓迪就拜托你了！”秦淮愕然，这是他跟林萧第一次见面，至于吴晓迪……他为什么要这么讲？他怎么会知道？

“我在她的相册里见过你，也听晓迪说起过。没想到我们第一次见面会是在这样的情景下。总之，谢谢你。”此时林萧的话语是柔和的，却有意无意地击中了秦淮的痛处。林萧被警官押了出去，留下秦淮呆呆地立在原地，背脊寒意阵阵，难道不管见与不见，他都是注定会输掉的吗？

高墙外的银杏渐渐泛起了金黄，再过十几天，就该是它们一年中最美的时节了。与此同时，从第一次见到林萧，到即将开庭前的这段日子里，每个周二的下午，秦淮都如约前来与林萧见面。虽然不清楚肖柔那封信到底写了些什么，不过他相信，林萧之所以愿意接受母亲的安排，一定跟那封信有着莫大的关系。当然，这是人家的私事，再说了，就算他秦淮能想办法帮肖柔带信过来，但这封信在交到林萧手上之前，已经是被记录在案了的。

和林萧见面无非是讨论案情细节，以及教授他一些庭审时的言辞技巧之类的。对于一般的嫌疑人，秦淮总是要花费很大的工夫才能交代清楚并让他们记住，可是面对林萧，他几乎每次都会感到窒息般的绝望——他所说的每一句话都被林萧当作了空气，可当他询问起来的时候，林萧又偏偏能对答如流。如此这般，几次会面下来，秦淮已将已所能及的所有事务一一完成，效率之高令他自已产生出不安，而这种不安在每当他从看守所的大门走出来，驻足凝望那几株银杏的时候就变得愈加强烈。他看到时间让叶子争先恐后地变换着模样，却没有告诉它们，它们将死在那最美的时刻。当叶子飞舞落下之后，又该是怎样凋敝的景致呢？秦淮总觉得那会是不祥之兆，心里惦念着林萧的案子能赶快结束。

和秦淮的见面与其说是合作，不如说是例行公事，至少对于林萧而言是这样。其实他对秦淮是感激的，只是埋在了心底，虽然，他并不认为秦淮真能帮到自己。在看守所里的日子，谈不上有希望，也谈不上多绝望，那是个会让人失去任何欲望的地方。林萧在没事的时候，常常蹲在操场的角落看从高墙外探过头来的银杏。他看那银杏，一个月之前还是一副高傲挑衅的姿态，转眼间就气若游丝一般柔弱起来，等到哪天北风一吹，就将只剩下枯槁一般的所谓的骨气了吧。他总是想，自己何尝不是这样？

不知道算不算得上是幸运，就在银杏落下第一片叶子的这天，秦淮终于收到了法院的通知，林萧的案子将于三天后开庭审理。他感到一种莫名其妙的浮躁，跟卓佳贤简单交代了几句，便急匆匆离开了事务所。

由于没有提前预约，他只好在路上给看守所的朋友打了个电话，又在收押大厅等了足足两小时，才见缝插针被安排进会见室。在会见室等了不多久，林萧就慢吞吞地走了进来，和往常一样一脸默然不羁的神情，一点也不像三天后就要被押上法庭的人。幸好秦淮已经适应了这样的气氛，拿起电话问道："应该收到通知了吧?"

"嗯。"

"我们之前商议过的细节，都还记得?"

"嗯。"

"你觉得还有什么遗漏的地方吗?"

"我怎么知道，这话应该是我问你才对吧?"说完，林萧笑了一下，"秦淮，怎么你比我还紧张？你害怕了？害怕这案子做得不好砸了自己的招牌?那你现在还有机会，你可以退出的……"

退出?！见你的鬼去！我已经退出过一次了，这次决不！秦淮心里很不爽，却还是耐着心性，沉稳地回应道："紧张是正常的，你难道没听说过，不管做什么事，保持那么一点点的小紧张，会更好地促进事情顺利完成？看你现在，还是一副无所谓的样子……所以……"秦淮有意停了下来，还给林萧一个冷笑。

"所以怎样?"

"所以我一接到通知，就第一时间让佳贤告诉了你母亲，还有——吴晓迪！"秦淮看到林萧眉头微微皱起，耳畔传来因骤然加快的心跳而被扰乱的呼吸声，他心里暗爽了一番，伸出右手食指冲林萧指了指，"这次你输了！

不过你放心，在法庭上，我会尽我所能，希望你也一样！”

终于到了开庭的日子，吴晓迪一夜没睡，早早地就赶到了法庭。说来也巧，刚刚出门的时候还秋高气爽的样子，等到了距离看守所不到两公里的法庭，却是阴云密布，一副山雨欲来风满楼的景象。

吴晓迪在法庭门口碰到了来得更早一些的肖柔。原本约定是八点碰头，结果两人都提前了一个多小时就来守候。因为来得实在太早，她们只好来到休息区等着，间或说上几句，大多时候都各自想着心头之事。

就这样等了大概半小时之后，卓佳贤一声“哎哟喂”极具毁灭性地打破了这庄严肃穆的气氛。吴晓迪抬头一看，只见她左手抱着公文包，右手拎着外套，正披头散发地立在自己面前。“你这是从哪儿取经回来了啊？”吴晓迪没好气地说。

“嘿，真、真、真没看出来，平时怎么不见你有这、这、这心思开玩笑，现在你反倒嘴里没好话了啊！”卓佳贤上气不接下气地说。

“佳贤，别急，晓迪她也是心情不好嘛。不过你这到底怎么回事啊？你怎么把自己搞成这副德行了？”肖柔站起来，接过佳贤手里的东西。

“肖阿姨，我跟秦淮眼看就要到这儿了，结果车突然爆胎，我、我、我们打不到车，”佳贤深吸了一口气，以便能顺利地讲话，“就抱着东西跑过来了。还好还好，时间还挺充裕的！”

吴晓迪朝休息区的挂钟一看，还有不到十五分钟就要开庭，这也叫时间充裕？她环顾四周，没见秦淮的影子，刚想开口，肖柔已经问起佳贤来：“那秦律师人呢？怎么没见到他？”

“哦，别担心啊，他是天天健身的人，跑得比兔子还快，一转眼就没影了，根本不管我。你们看到的这幅景象，”佳贤用手指了指自己，“完全是我的问题，我自己的问题……他现在应该已经去准备了吧。呀，马上开庭了，我们也进去吧！”

进到法庭之后，吴晓迪发现里面清冷了许多，或许是心绪作祟，这一次的法庭，和课堂上、书本上，以及影视剧里所看到的完全不同。庭审的屋子不算大，观众席也并没有想象中多，只有法官的席位依旧高高在上，不怒自威。

九点整，法官准时进了庭内，在场的所有人都起立致敬。法官的模样吴晓迪看得并不真切，五十岁出头的样子，稳稳坐下后便宣布开庭。

熟悉的身影从侧门缓缓而来。张翼天环顾四周，在观众席间找到了安静等待着的肖柔，又把目光落到她身旁的吴晓迪身上，抿了抿嘴，把目光收了回来，低下了头。林萧紧跟在他后面，些许时日不见，人清瘦了不少，但精神看起来似乎不错，只是，只是他任凭无数视线在自己身上扫过，也不愿抬头看一眼。尽管如此，林萧依然能感受到不远处的吴晓迪百感交集的目光，一直追随着他走到法官面前，直直站定。

吴晓迪实在无心去观摩一场法庭实战，此时此刻，她只希望时间能走得快一点，再快一点，赶紧结束这样的煎熬。肖柔轻轻把右手搭在她冰冷的左手上，这细微的动作给了吴晓迪一丝温暖和力量。然而此时此地，除了正前方的那个背影，她感觉不到任何人的存在，直到秦淮从一旁的辩护席上站起身来。

或许是刚刚的飞奔消耗了秦淮体内那些紧张，此刻他的陈述反而更加沉稳且坚定。不多时，秦淮陈述完毕，他意味深长地看了眼林萧，缓缓坐下。

庭审的结果并没有当庭宣布，还需要等待些日子才会得到最终的判决。当法官宣布庭审结束后，所有人都长长地出了一口气。张翼天和林萧被带了下去，是和刚刚入庭时同样的姿态，这让吴晓迪有了种时光倒流的错觉。吴晓迪目送林萧的背影在侧门拐角处陡然消失，终于支撑不住，彻底瘫倒在肖柔身上。

这一切都被秦淮看在了眼里，包括在庭审期间，吴晓迪恍惚的神情和企盼的目光，而就是那么一瞬间的事情，他在心底嘲弄完自己之后，终于释然了。秦淮快步走到肖柔身边，把手上的东西递给了身后的卓佳贤，一把将吴晓迪抱了起来，朝急救室走去。

吴晓迪感到身体渐渐暖和起来，鼻息间传来了某种并不陌生的气息，她深吸了两口气，不愿睁开眼。似乎是被身旁的人看穿了心事，熟悉的声音打破了诡异的安静："晓迪，我知道你醒了，感觉好点的话，还是回去休息吧。判决结果还得等些日子呢，有消息我会第一时间通知你，不用太担心，好好在学校待着。另外，如果有时间的话，还是回家看看吧，你已经很久没回去了，打电话也不接，你爸妈都很担心你。你爸也正在受处分，你别只顾着林萧，把他给忘了。虽然之前你们有些不愉快，不过毕竟是你爸，能有什么比父母更重要的呢？"吴晓迪依然没有睁开眼，眼泪却已经湿了大半个枕头，她狠狠地咬着自己的手指，就像没有人会看到一样。秦淮有些不忍，想了想还是说了句，"晓迪，我已经尽力了。"

等待庭审结果的一个月，恰是这个城市由暖入寒的时节。人们的心情也如同这日渐转寒的气候，被施下魔咒，怎么也明媚不起来了。

自从上次法庭分别后，吴晓迪再没有机会见到林萧，也没有再见过秦淮，就连跟佳贤的联系也比往日少了些。她像一片离了枝头的叶子，失去了心中的依靠，却又偏偏被风吹得落不了地。所有的事物都变得了无生趣，日子每天都恍恍惚惚地重复着，唯一算是趋好的变化是，她终于愿意接听家里的电话了。

肖柔在庭审后不久便回了南方老家处理家事，尽管如此，她总是隔三岔五地就会给吴晓迪打来电话，一方面询问着案子的进展，另一方面也算是相互劝慰。

至于秦淮，似乎是彻底摆脱了魔障，泄出了满怀怨气，倒是比其他几个人积极了许多，每天来到办公室关注的第一件事，绝对是林萧这个案子，这让刚刚“休完假”正式复职的卓佳贤严重怀疑他是不是受刺激过度物极必反了。

在所有人都迫不及待想要知道最后结果的时候，林萧却在看守所的方寸天地里祈望时间能走得慢点，再慢点。这样慢慢地失去希望，总比一瞬间打破希望更容易接受。可是墨非定律说，越是不想发生的事就越容易发生。就在林萧望着墙外银杏枯干的枝头扳着指头数到第二十八天的时候，庭审结果出来了。

或许是早有心理准备，林萧在听到结果后只是松了口气。在他还没来得及设想以后会怎样的时候，秦淮已经匆匆忙忙赶了过来。见还是不见，于林萧而言，其实都已无所谓。但他还是去了，他明白秦淮的确帮了自己不少，否则这刑期必定不会只有两年，还是缓期执行。他非常清楚，在当下社会中“缓期执行”意味着什么，也明白争取“缓期执行”的“代价”。

这次和林萧约见，秦淮坦然了许多。而这样的坦然背后，又隐隐泛着一些难以捉摸的情绪，有收回锋芒后的轻淡，有抛开痴愚后的正视，也有挺身而出后的信念……更重要的是，秦淮在前一次走出看守所时就明白了一个道理，他和林萧注定是要相互成全的。

事实如此，他成全了他的希望，他成全了他的死心。

“林萧，我刚刚拿到了结果，你……”秦淮抛开纷杂的情愫，开始工作。

“嗯，我已经知道了。”

“好，我就是来跟你商量，如果对一审判决不满意，可以上诉。一审的判决书大概要晚些日子才能到，到了之后，十五天内就得上诉。所以，如果我们有这个打算，现在还有时间准备。”秦淮已经习惯了林萧的态度，直入主题。

“张翼天的结果是什么?”

没想到林萧会突然发问，秦淮愣了一下，用手捂了捂嘴，两个字含混不清地蹦出来：“无期。”

林萧闭上眼，深吸了一口气，尽量抑制住心里那股莫名其妙的酸楚：“那个人呢?”

“谁?”不知道为什么，秦淮有点小小的不安。

“你明知故问……”林萧睁开了眼睛，眼角通红。

“十年。”秦淮第一次看到林萧如此软弱的目光，他整个人已经压抑到了极致，仿佛一碰就会碎掉，“我只能说，作为你的辩护律师，别人的情况我不了解。”

“嗯，你不说我也明白。”林萧点点头，继续说，“能有这样的结果我应该知足了吧。就算上诉的话，大概也不会有什么分别，这个你比我更清楚。谢谢你秦淮。”他端正了一下身体，把脸靠近了玻璃墙，很认真地看着秦淮。

林萧不愿意上诉，秦淮之前也想到过，但林萧这么认真的感谢，秦淮倒有些诧异，他定了定神说："说什么谢谢，这可是我的工作，收人钱财替人消灾。对于上诉这件事，你说得很对，最终结果大概也不会有变动，不过我还是希望你考虑下，说不定……"

"真的不用了，如果我不能面对这次的惩戒，我一辈子都会不安，会有报应的。我认了。"林萧眼中的光芒淡了下去。

"好，我知道了，我尊重你的想法。不过，我主要还是受你母亲委托，我会转达她的，只要她没意见，就没问题了。另外，吴晓迪她……"

"秦淮，还有件事想请你帮个忙，行吗？我知道我们俩还算不上朋友，不过我这件事没有人能帮到我了，只有你。"

"关于吴晓迪，对吗？"

"是。有些话我憋在心里很久了，一直找不到机会说。其实这阵子我被关在这里，每天不管在做什么，都会想起她，想起我们曾经在学校里的吵吵闹闹，快快乐乐。可是越想我却越难过，之前想方设法把她逼走，还觉得自己很伟大，自以为是保护，后来才想明白，自己就是个傻瓜，把两个人逼到了绝境。后来我又想，出去以后一定要好好弥补她，一定不再让她掉一滴眼泪。你有没有觉得我很天真？你来之前我还在想，就算我缓刑了，出去之后也不再是以前的我了。我不知道别人会怎么看我，不知道还能不能去到梦想的学校继续学习，不知道能不能像从前一样可以找一份好工作，更不知道该怎么去偿还我对吴晓迪欠下的一切……"

"林萧，我想你也知道，我接下你这个案子，从人情上来说，是因为晓迪的关系，我也每天都在告诫自己，你们俩感情的事情，我绝不插手！今天你说的这些话，我都很理解，可是我想告诉你，你欠她的，只是一个解释而已，你明白吗？不管你们以后还会不会在一起，你们都必须要为这件事情画上一个句点。而这个句点，必须由你来画，我希望你好好想想。”

秦淮从看守所回来后，第一时间给肖柔去了电话，除了告诉她庭审结果，还一并把林萧个人的意思也转达了。知子莫若母，肖柔了解儿子的个性，对于庭审结果也好，或是林萧与吴晓迪的关系也罢，她都只是默默听着。

吴晓迪大概是所有人里最后一个知道庭审结果的。卓佳贤经过百般思虑后，终于鼓起勇气给她发了一条短信，简单直接，不敢喜悦也不敢悲伤。看到短信里的结果，吴晓迪打心眼里感谢秦淮，拿起电话想要打给他，刚拨出号码又赶紧挂了线，因为她实在不知道，除了“谢谢”，还能说些什么。思量了半天，她给佳贤回复了一条短信，让佳贤代为感谢，还说过阵子再找时间当面道谢。

佳贤一边把短信拿给秦淮看，一边摇着头说：“哎哟喂，我说你们俩这又是怎么了？没怨没仇的，搞得比陌生人还陌生人！”

秦淮看了眼佳贤，无奈地说：“其实我也不明白她到底怎么想的，我只知道在她的心结没解开之前，我们都宽容一点吧。”

“嗯，希望判决书赶紧下来，这样晓迪就能见到林萧了，唉！”

“你觉得他们俩还能再在一起吗？”

“你这么问是什么意思？虽然林萧今天跟你说了那么多，可我觉得，他只是在逃避而已，只要他恢复了正常的生活，慢慢就会好的吧？”

“我担心的是，如果他失去的是信心怎么办？失去了对生活的信心，失去了对感情的信心，也失去了对自己未来的信心，这可不是一时半会儿就能恢复的!”

“你觉得他们会分开?”

“或许分开更好……”

“不会的!”

“为什么?”

“因为不管林萧变成什么样，晓迪都不会放弃!”

“真是小女生的想法，你们把感情的事情看得太简单，不放弃只是不甘心罢了。”

“你不了解吴晓迪……”

“但我了解男人!”

勇气

最终章

就算世界只剩下一分钟的最后，只愿与你同一片星空，你笑着说夜色仍美妙，我遥望你安好如初时。

判决书没过多久就下来了，按照林萧的意思，秦淮准备稍晚一些再告诉吴晓迪。肖柔在早先接到秦淮的电话之后，便动身从老家回来，通过朋友的帮忙，在东边租了一间两居室作为暂住地，刚好在林萧出来前几天打理妥当了。

就在所有人都终于松了一口气，准备翻过这一章的时候，林萧却在看守所大门“哐当”合上的那一刻惊出了一身冷汗。他抬起头看了看清晨宁静湛蓝的天空，不由自主地扬起一只手，遮住了自己的眼睛。不到两个月的时间，竟像分别了两年，一切都变得如此陌生，陌生到令人害怕。他害怕见到所有认识的人，他害怕听到所有关于案件的消息和新闻，他害怕面对即将面对的一切，他甚至有想过，与其这样，倒真不如在狱里躲两年好些。

林萧的确还没有准备好，当肖柔从高大的银杏树下朝他走来，直到他眼前，他都只是面无表情地望着她。肖柔走上前抱住林萧，嘴里不停地说着“没事了没事了”，却只听到林萧在耳畔轻轻地喊了声“妈”，别无他话。

秦淮拿着一堆刚替林萧办好的各种文件，默默地离开了一小会儿，走到百米开外的地方把车开了过来，然后招呼两人上车。林萧跟肖柔一起坐到了后座，把背包搁到了副驾驶的位置上。一路上三人偶尔闲聊几句，无非是接下来几天大概如何安排，外加劝慰林萧好好调整之类。

从看守所到城东的租屋，开车倒是不远，可不巧的是，偏偏要经过吴晓迪的学校，当然，也是林萧曾经就读的学校。秦淮假装不经意地问了句：“要不我们从学校里穿过去怎么样？要近很多，走外面有点绕，你们看呢？”

林萧看着车窗外熟悉的街景，十字路口、水果摊、便利店、烧烤摊……看那些手拉手过马路的恋人，从便利店里抱着无数零食走出来的女孩，在路边守着单车傻傻等候的男生……都是曾经他们的模样。那些年在这里发生过的有趣故事，一股脑地涌入脑海，就像侯孝贤镜头里《最美的时光》，那些专属于两人的时光，都在被抛弃之后，才会被人从记忆里将某些支离破碎的片段拎出来，拍拍上面沉积的灰尘，感叹它是多么的美好。

沉默了好一阵，林萧才回应秦淮：“好，你怎么走方便就怎么走，已经很麻烦你了。”

秦淮笑了笑：“你不怕看见同学？”

“这个时候应该是第一堂课的时间，上课的都在教室里打盹，没上课的都在床上赖着，能看见谁啊？”这是林萧跟秦淮见面这么久以来，第一次在他面前放下戒备，这么随意地说话。

秦淮一边笑着，一边拐进了学校的西门。经过几次寻找吴晓迪的经历，他已经对这个学校的格局了如指掌，没绕几个弯便来到了学校的中心体育场，再往东走一段就是东门，出去后只要再经过两个路口，就能到达他们要去的地方。

路过体育场的时候，秦淮有意放慢了些车速，他腾出一只手朝北面指了指："那边第三栋宿舍505，吴晓迪就住那儿！"林萧没有接话，但秦淮从后视镜里看到他眉宇不展，朝北面望去。

林萧仿佛看到北面第三栋宿舍的五楼阳台上出现了熟悉的身影，仿佛听见体育场上空回荡起几个月前那句"你给我滚"的诅咒，却怎么也想不起来最后一次见到她是什么样子。车窗外的寒意从夹缝中渗进来，朝他的身体发起了进攻。天气真的冷了，所以心才热不起来的吧。

"林萧，你真的不想见见吴晓迪吗？"

令林萧惊异的不是这个问题，而是发问的人，居然是肖柔。他将目光从窗外收回，从后视镜里看到秦淮正盯着他，继而转向一侧的母亲："妈，给我一点时间，行吗？"

"可是你出来的事情，很快就会被她知道的啊。"秦淮插了句话。

"我知道，就算如此，你们看我现在这个样子，见了她不是更让她担心吗？那天你跟我说的话，我回去想了很久，你放心，我一定会给她一个解释的，只不过，我真的需要一点时间……"

谈话间，车已经穿过了学校，从东门驶出。又过了不到十分钟的光景，车子经过一座小桥后，进入一片居民区，最后停到了一栋半新旧的楼房前。肖柔下了车，礼貌地邀请秦淮上楼坐坐，秦淮当然知道，接下来的时间对于这对久别的母子有多重要，他婉言谢过肖柔，跟林萧道了别，离开了。

林萧跟在母亲后面，走进电梯。肖柔一边按下二十四楼的电梯按钮，一边对他说："屋子是在顶层的，冬天的时候风有点大，因为租得比较急，就先凑合着住一阵子吧。如果你觉得住着不舒服，我们再找好点的地方。"

"妈，住哪里都好，我哪有资格嫌弃。"虽然还不知道房间究竟是什么状况，但林萧知道母亲一定已经尽力而为了。

出了电梯，走过一条狭窄陈旧的甬道，来到二十四层的东南角，一扇青灰色的简陋铁门出现在眼前。肖柔从包里摸出钥匙，打开里外两扇门，然后站在门里，伸出双手冲门外的林萧笑着说："儿子，欢迎回家！"

温暖扑面而来，让凌冽的空气柔和了许多，同时也湿润了林萧几近干涸的情感。他走到母亲跟前，"扑通"一声跪倒在地，抱着肖柔的腿恸哭起来。压抑了太久的情绪，终于在这一刻迸发。只有在肖柔面前，他才会放下所有防备，露出最柔弱的一面。

肖柔没有说话，蹲下身把林萧抱在怀里，一下下抚摸着他蓬乱的头发，默默地让他宣泄，让他哭出来，直到那哭声渐渐沙哑，才轻轻拍了拍他的后背："好啦，哭出来就没事了，憋在心里最难受了。走，先进屋收拾一下，中午妈给你做好吃的。"

林萧像小孩子一样，委屈地抹了两把泪，点了点头，赶紧站起来，然后把肖柔慢慢扶起来。肖柔毕竟是上了年纪的人，蹲得久了一点，腿脚就麻木得站不直，缓了好一会儿才能动弹，吓得林萧差点又急出眼泪来，直骂自己不懂事。肖柔在林萧的搀扶下走进客厅，在沙发上坐下来，她指了指左边的房间说："儿子，那个房间是你的，你去看看吧，看还需要什么，我们好添置。"林萧应了一声"好"，走过去打开房门。

肖柔刻意把有阳台的房间留给了林萧。二十四楼的阳台远景极好，天气好的话，还能眺望到西边的山脉。近一点的城区景色更是一览无余，一条小河蜿蜒而过，而站在阳台上的林萧，还看到了不远处的学校。

林萧若有所思地看了好一会儿，忽然打了个寒战，才发现窗户有些漏风，于是回身走进屋里，关上落地玻璃门，整个世界一下子又暖和了起来。林萧这才打算好好看看自己在这座城市的栖身之处。房间着实不大，看起来有十余平方米的样子，铺着简单优雅的浅核桃色的木地板，松木的单人床被摆在了进门靠墙的地方，衣橱和床头柜同样都是松木的，分别放置在床的前后。落地玻璃门一侧是枫白色的电脑桌椅，桌上空无一物。

林萧想起几个月前第一次走进纽约公寓时的情形，和现在一样不知所措。然而巨大的反差又让他恍如隔世，搞不清楚到底哪个世界才是真正属于自己的。如果都是，那么命运为什么要和自己开这样残酷的玩笑？前一秒荣华富贵、阿谀奉承、羡慕嫉妒恨全都砸到你头上，下一秒却黄粱一梦把一切拉黑。

越想头越痛，林萧晃了晃脑袋，让自己冷静下来。他坐到床上，把背包打开，把里面的东西一件一件拿出来，最后是一封还没有拆开过的信。他把信封捏在手里，凝神片刻，把手放到封口的地方想要拆开，又几度迟疑，最后干脆把信塞到了枕头底下。

林萧把带回来的东西简单收拾了一下，又特意换了身新衣服，才走出房间。肖柔刚好从厨房走出来，手上端着一碟小菜，见林萧走过来，连忙招呼他坐到饭桌旁。林萧一看，桌上已经摆好了碗筷，几道菜已经上桌。他赶紧接过肖柔手里的东西：“妈，你看你，也不休息会儿，我刚进去你就开始做了吧？”

“其实菜都是切好洗好放冰箱的，所以很快的。你好久没吃我做的菜了吧，来来来，赶紧吃吧。”肖柔一边说一边给林萧夹了一些菜放到碗里。

如果没有张翼天的出现，自己和母亲在一起的生活会不会就应该是这样的？如果可以选择，自己宁愿选择这样粗茶淡饭与世无争的生活。林萧吃着母亲夹到碗里的菜，余光看见肖柔还在一直望着自己，有点不好意思起来：“妈，你也快吃，别只顾着看我啊，以后每天都让你看个够行吗？”

“吃吃吃，我是怕你觉得不好吃。在美国下厨的时候少，也不知道手艺退化了没有，哈哈哈。”肖柔自我打趣地说。

林萧笑了笑：“一点也没有，一直都那么好吃，不信你自己尝尝。”说着朝肖柔碗里好一顿夹，也不管肖柔嚷了半天“够了够了”，调皮地在她碗里堆起了小山。

“你这个孩子，这下好了，这几个菜味道那么不同，混在一起就不好吃了，真笨！再说，你给我夹这么多我怎么吃得完，吃不了就浪费了。”肖柔被他弄得哭笑不得，有点着急地说。

林萧捂着肚子笑了一会儿，站起来走到厨房给肖柔另拿了一只碗来，添上饭递了过去，又把刚刚那堆起小山的碗挪到了自己面前：“是你自己不要的，现在归我了，不许抢哦！”

“你的你的，都是你的。”肖柔也学着他的语气，跟他逗乐，“是你的谁也抢不走，不是你的永远……”说到一半，肖柔忽然想起什么，戛然而止。

林萧已经听在耳里，低下头吃了两口白饭，为了不让母亲觉得尴尬，他只好不停地吃起来。很快，手里的一碗饭下肚，他又端起旁边满满的第二碗，叹了口气：“好像真的有点多……”

肖柔“扑哧”笑出声来：“能吃多少是多少吧，小心一会儿胃疼。”

“多浪费啊……”林萧端着碗，忽然又想起什么来，“对了，妈，咱们这个房子每个月多少钱啊?”

“四千多吧，怎么了，不满意？现在房子可难找了，好点的更贵，便宜的实在住不进去……”肖柔紧张地看着林萧。

“那倒没有，挺好的，我就是问问。这房子怎么这么贵？你……”

“你是想问我怎么会有这些钱是吗?”肖柔把碗筷放到了桌上，“我也没什么好瞒你的。我不是回了趟老家吗？你外公外婆离开之后，给我留下一套小房，这些年都是亲戚们打理着，这次回去我把房给卖了，虽然钱不多，在大城市里买不起新房，不过租房住的话，维持几年倒也不成问题。”

“妈，你怎么不等等我？跟我商量下也好啊！我们回你老家生活，不是也可以？为什么一定要卖房子呢?”负罪感又涌上心头。

“傻孩子，你虽然回来了，但还是在缓刑期间，还要定期去汇报，你能上哪儿去？房子卖了就卖了吧，旧的不去新的不来。只是，我能做的就只有这些了，接下来就看你的了。”

“妈，你放心，我从明天开始就去找工作。”

秦淮在路上堵了好几个来回的时间，终于在下午上班前赶到事务所。刚一进大门，前台小姐立马站起来凑近他，指了指旁边的等候室，小声说：“秦律师，你终于回来了，有位小姐等了你一个钟头了，午饭都没去吃……”

“谁啊?”秦淮往里瞅了瞅，好像不是一个，是两个。

“我不知道是谁啊，一上来就直嚷着你的名字，我问她姓名的时候还被莫名其妙地骂了一顿，然后一直堵在门口叫你出来见她，后来佳贤出来才劝住……”

“一会儿给她们俩订两份外卖，千万别说我回来了!”秦淮赶紧往里溜，可惜为时已晚，背后传来了吴晓迪歇斯底里的声音："秦淮，你给我站住，不做亏心事，不怕鬼敲门，你躲什么躲啊？有种跟我面对面把事儿挑明了说！"

秦淮有些头疼，转过身看到吴晓迪满面死灰，一点血色都没有，让人又怜又恨，实在不忍心来硬的："晓迪，有什么事儿到办公室说吧，我刚从外面回来，什么都还不知道呢。"他看到站在吴晓迪身后的卓佳贤使劲朝他递了一个眼色，好像是在示意他少说几句。果然，吴晓迪接着他的话说："是啊，秦大律师，你的当事人林萧今天出来了，你是知道呢还是不知道呢？你这忙活了一上午，都忙的什么呢？真是够敬业的，一大早就车接车送的，真是辛苦您啦！"

"你是怎么知道的？"秦淮反问，又扭头狠狠地盯着卓佳贤，卓佳贤看着他又摇头又摆手。

"别看佳贤了，我今天不来找你，她都还不知道判决书已经下来了！说来我还真得谢谢你，要不是当初你一席话，估计到现在我也不会原谅我爸，也就不会知道林萧的事情。秦律师，请问你的当事人都跟你说过些什么，你现在这么维护他？就算他不愿意见我，你也没必要一直瞒着我吧？你知道吗？我今天一早就赶过去，就为了等他出来能跟他说两句话，可是我等啊等啊，等到门卫来查我，我才知道你们已经走了，你们这次做得实在太过分了！"吴晓迪说着说着，情绪渐渐失控，转眼已经泪流满面。

说来也巧，这一天像是撞邪了一样，从事务所进进出出的同事、客户竟比平时多出许多。走过路过看到这番场景的人，心里多少都会生出些稀奇古怪的揣测，从空气中飘过的只言片语和余光瞥见的言行举止中间，努力拼凑出一些故事来。

秦淮是从不会在公众场合失态的人，即便是被人如此嚣张地指责，他也会选择暂时忍气吞声。他走上前一把拽住吴晓迪的胳膊，二话不说把人拖往办公室。虽说没几步路，可吴晓迪硬是哭号不断，而秦淮任凭她怎么挣扎，丝毫没有放手的意思。紧跟在两人后面的卓佳贤早已吓得花容失色，作为两人共同的朋友，说实在的，她是第一次见到吴晓迪对秦淮这么蛮横，更是第一次见到秦淮对吴晓迪这么强硬。

三人相继进了办公室，秦淮把吴晓迪按在沙发上，狠狠敲了敲她的脑袋："你脑子里在想什么呢？不好好在学校待着，跑这儿来发什么疯啊！"

吴晓迪也号累了，语气收敛了许多："我在想什么你难道不知道吗？我就是想见林萧，我这么想有什么错吗?!"

"晓迪，林萧刚经历了这么大的变故，你就不能给他点时间吗？你口口声声说爱他，你懂不懂，爱的厚度并不在朝朝夕夕日夜相伴，再深再浓的爱也需要空间，需要时间，需要宽容、妥协甚至委曲求全！他现在就像是被困在死胡同里，他只有一条出路，你还要天天在那条路上堵着他？你还想让他出去吗？我知道你心里很痛苦，但是说得不好听点儿，你现在之所以这么急迫地想要得到答案，并不是因为懂得'拥有的幸福'，只不过是害怕'失去的痛苦'罢了……"

"请不要用你快要三十岁的思维来解读我的情感好吗？我不怕失去，我什么都不怕，我只是不想五年后十年后想起这件事会后悔。不管他如何决定，我会宽容，会妥协，甚至会学着委曲求全，但是在此之前，我争取过，我就不会有遗憾。这些话，如果有机会，请你转达给林萧，我会等他，直到他愿意见我。"说完，吴晓迪站起来，高傲地看着秦淮，像是赢得了一场战斗，但骨子里却是硬撑着的输不起。

吴晓迪的话让秦淮忧心忡忡，他很担心，现实会和他预想的恰恰相反。看起来林萧的内心比他想象的更深不可测，他的强大之处正在于此，在肖柔的帮助下他应该能很快走出困境。可是，在林萧重建自我的这段时间里，万一吴晓迪深陷苦痛的泥潭，无法自拔怎么办？

所以说，墨菲定律是世界上最诡异的法则。秦淮的担心，不幸被上帝选中，成为了吴晓迪的魔咒。在经过林萧一而再再而三的避而不见，和一番极端的发泄之后，吴晓迪选择把所有的情绪都统统回收，紧紧包裹在心里。可是，人的心脏又能有多大呢？不过一个拳头的大小而已，怎能塞下如此多的爱恨？

从事务所回到学校的那天晚上，室友听到吴晓迪在被子里抽泣，怎么叫她也不应，一直到天明。也就是从这天天亮之后，吴晓迪却像变了个人似的，不再去图书馆自习，不再参加任何活动，不再跟陌生人说话，不再跟任何人提起“林萧”这两个字。

这种向内折射的巨大压力让吴晓迪陷入了某种无意识的矛盾状态，她开始在床头刻画“正”字，想要知道让一个人从脑海中消失到底需要多长的时间，却又在课本每一页空白处都写满了那个人的名字；她把记忆中与他有关的事物都扔进了箱子打上胶条塞到了床底角落里，却单单留下了那块表，无时无刻不带在身边，就连入睡也要听着指针的走动，就像在感受另一个人的脉搏；她终于下了狠心，删除了电脑里所有他的照片，所有与他的对话，所有和他往来的邮件，取消了关注，拉黑了朋友圈……恨不得连同自己的记忆也要格式化，却偏偏无法控制地在每天凌晨无数次地拨打那个或许永远也打不通的电话。

一天、两天，一周、两周，一个月……北方严寒的气候偶尔也会让吴晓迪分外清醒，尤其是在深夜无法成眠的时候。不知道从什么开始，她开始失眠，失眠的代价是无休止的想念，她每天早上起来都会问自己，那个人的模样不是已经忘掉了吗？为什么他又会整夜整夜在眼前出现？

她的神经一天天愈加衰弱下来，为了不影响白天上课，她开始偷偷吃起安定，从一天一片，到一天两片，再到无论吃几片也毫无作用。她知道这样的状况通常被称为“神经衰弱”，在生理上还会引发器质性的病征，比如胃疼。

原来胃疼真的很难过，疼得人忘记了心痛是什么感觉。胃疼的频率越来越高，可吴晓迪生生地没有掉过一滴眼泪，同样依然没有想让自己好起来的冲动。她发了疯似的学会了抽烟，学会了麻木自己，她的生活彻底陷入了混乱。

林萧的状况其实并没有秦淮想得那么令人放心。和吴晓迪一样，他也在急迫地想要甩掉某些记忆，而且他更努力，更积极，更顽固，然而“缓刑”人员的身份无时无刻不在提醒着他，他已经无法回到仅仅半年之前了。

半年前的林萧，头顶着经济学系第一优等生的光环，即便不出国修学，在这座城市里随随便便也能觅到一份不错的工作。可是现在，虽然依旧揣着优等生的毕业证书，但机会好像永远对他关上了大门。虽然法律上并不限制林萧在缓刑期间合法工作，但不管是什么单位，都拥有知情权，反过来说，林萧必须要事先告知对方自己的详细情况。这就意味着，别说是好工作，就连找个养家糊口的工作都是难上加难。

林萧平生第一次体会了到屡战屡败的羞辱感和挫败感，可偏偏又处在别无选择的境地，他只能假装拥有屡败屡战的顽强。一整个月的时间，他每天都在不停地投简历、预约、面试、等待的过程中无限循环，却始终等不到一次答复，哪怕是有礼貌的回绝。甚至有好几次，他以笔试第一的成绩进入了面试，又以几乎完美的临场应答征服了所谓的面试官们，可是所有的人，在听他说到“缓刑”两个字后，原本热情洋溢的面孔瞬间就变得冷若冰霜。为了让肖柔放心，他又不得不在她面前装作无所谓，抑或更加雄心勃发的样子，而一到深夜，他就连入睡都攥紧了拳头。

一次次碰壁，一次次失望，再倔强的心也会麻木。就在林萧感觉自己就要撑不下去的时候，命运终于开始怜惜这个年轻人，像是要放他一条生路似的，给了他一次奇迹般的机会。这天，林萧如同往日一样垂头丧气地回到家，走到门口之前他还在绞尽脑汁地想着一会儿该怎么应付肖柔的盘问，然而一打开门却看到秦淮正跟肖柔聊着什么。

秦淮看到他进门，礼貌地站起来跟他打招呼。林萧倒也不像从前那么回避了，走过去问了声好，请客人坐下。肖柔让出自己的位置，拉林萧坐下：“来，秦律师有事要跟你商量，你们先聊着，我去准备晚饭，一会儿秦律师就在家用个便饭吧。”肖柔朝秦淮发出了邀请，也不等秦淮应答，就往厨房走去。

“肖阿姨，我跟林萧说几句就走，您就别搭上我的份儿啦!”秦淮赶紧朝肖柔的背影喊了一句，而后又转过头冲着林萧说，“林萧，我今天来，带来了一个好消息，一个坏消息，你想先听哪一个?”

“干吗那么俗套，反正都是要知道的，何必这么绕圈子?”林萧觉得有些可笑，“你就先说坏消息吧。”

“吴晓迪病了……”秦淮一脸严峻的神情，不容林萧有任何质疑。

“她，怎么了？”林萧像是被刺卡住了喉咙，好不容易挤出了一句话。

“医生说，是中度抑郁症，建议住院调养一段时间。”

“所以，她现在在医院？”

“是的，她已经住院好几天了。你怎么不问她为什么会变成这样？”

“我知道是因为我，都是我对不起她，我真的不知道她会变成这样！我原本以为，就算没有我，她也能好好照顾自己，甚至会拥有更美好的生活……”

“你也知道是因为你啊！上次不是跟你说过，吴晓迪在你的事情上就是死心眼，连事务所都能去闹，还怕她有什么事儿做不出来吗？你还真是一点都不退让？见个面会死吗？你别忘了，你答应过我的，不管以后你们是否在一起，都要给她一个解释，一个结束！”秦淮听到林萧幼稚的自以为是，情绪激动起来。

“我没忘，我不仅都没忘，我还比谁都记得清楚！秦淮，你以为我真的想放弃她吗？你以为我真的不想她吗？我每天都在跟自己说，我要赶紧让自己好起来，赶紧做回从前的林萧，然后去找回我的吴晓迪！我要还给她的不仅仅是一个解释，还要还给她一个完整的我，她熟悉的林萧，你懂吗？我之前也跟你说过，我不能就这样去见她，见到了又能怎样？她会更失望更痛苦的！但是现实状况你也看到了，我已经很努力地在找工作了好吗？可是这个社会就是那么残酷，一个机会都不给我！一个连自己都养不活的人，还有什么资格跟别人解释从前，有什么资格去承诺未来，有什么资格让别人有安全感？”

“好，林萧，既然你话都说到这个份儿上了，我想你没有任何借口拒绝这个机会了！”秦淮从包里掏出一张名片递到他手边，“明天上午十点，到这个证券公司面试，到了之后找名片上的这个人就行。这次你不用担心会被刷下来，你的情况他们已经很清楚了。”秦淮见林萧迟迟不伸手过来，忽然意识到了刚才自己的莽撞，于是放低了声音接着说，“无论怎样，这也算是个好消息了吧?”

“我不需要你的同情，更不需要你的施舍。”林萧嘴上依旧顽固，其实内心的堡垒早已崩塌，只剩下一张形同虚设的保护网。

秦淮看出林萧眼中的闪烁，把名片一把塞到了他手里，又用力握了握那只手：“你不用感谢我，也不用担心我别有用心，我只希望你记得刚才自己的话，就算是为了晓迪，你也必须去。”说完，站起身整理了一下衣装，朝门口走去。

“晓迪住在哪个医院?”林萧的声音低沉，没有颤抖，没有犹豫，代替林萧的身体冲出客厅拦住了秦淮的去路。

秦淮背对着林萧，微微一笑，没有回头，淡淡地说：“我已经给你写在了名片背后。林萧，有一句话我要还给你——吴晓迪就拜托你啦!”

林萧有点记不清自己到底有多久没有这样安静地守着这个女孩了。那张熟悉又陌生的面庞，在午后日光的斜映下微微泛着点红润，但显然比记忆中的消瘦了太多太多。

刚才趁着吴晓迪午睡未醒，林萧找到护士小姐打听她的病情，这才知道，吴晓迪刚刚被家人送进来的时候，已经有好多天没有睡过觉，整个人都处在狂躁的状态，还带有自杀的倾向，随时都处在崩溃的边缘。后来在药物的帮助下，好歹让她每天都能睡上十个小时了。可是这两天她安静下来之后，反倒进入了另一个极端，每天睡醒了就在本子上不停地重复写一个人的名字，要不然就是摩挲着一只破表喃喃自语，不管是家人朋友来看她，还是医生护士跟她打招呼，她都一概不理。

而此刻，那只护士小姐口中的破表，正戴在吴晓迪细小的手腕上，那本写满了人名的本子被她枕在床头，被她小心地呵护着。林萧并不知道，这已经成为吴晓迪每日入睡前的一道仪式，就算躺到床上睁着眼熬到天亮，也要时刻陪伴着这枚祈祷的十字。可惜的是，十字应了她的祈祷，保佑林萧化险为夷，却忘了给她留一些宽容仁慈。

林萧无法想象这些日子以来吴晓迪为他所做的一切，以及因他而遭遇的一切，他只看到病床上因承受不起太多悲伤与痛苦而倒下的瘦小身体。一滴泪无声地从他的左眼滑落，他站起身，低下头，努力控制着呼吸，在熟睡之人的额头印下轻轻一吻，而那滴泪却顺势滑到了另一张面颊上。

林萧伸手想要拭去滴落在吴晓迪右眼角的泪，却看到她的左眼角也湿润起来。他的手停在了半空中，终于忍不住握住了那只小手：“晓迪，我来了，我把我的时间带回来了，谢谢你等着我！”